La beauté des ruines

DE LA MÊME AUTRICE

Pop Heart, Scali, 2007 ;
J'ai lu, 2009.
Miss Saturne, Stéphanie Million éditeur, 2009 ;
J'ai lu, 2010.
Nos vies rêvées, Flammarion, 2010 ;
10/18, 2012.
Saint Salopard, Flammarion, 2017 ;
J'ai lu, 2019.

Barbara Israël

La beauté des ruines

roman

Flammarion

ISBN : 978-2-0814-7186-3

Aux perles du Marais et d'ailleurs,
sur la terre comme au ciel.

À mes parents.

« Il y a du sublime à gaspiller une vie
qui pourrait être utile, à ne jamais réaliser
une œuvre qui serait forcément belle,
à abandonner à mi-chemin
la route assurée du succès…
[…]
Je donnerais beaucoup pour un chemin
conduisant d'un lieu d'où personne ne vient,
vers un lieu où personne ne va…
La beauté des ruines ?
Celle de ne plus servir à rien. »

Fernando Pessoa,
Le Livre de l'intranquillité[1]

1. Traduction de Françoise Laye, Christian Bourgois éditeur.

Prologue

« *Morrissey has died. Well, for a few minutes.* » Ces deux phrases interceptées sur le site du *Guardian* la bouleversèrent. Son émotion était exagérée. Après tout, l'article précisait que la mort du chanteur n'avait duré que neuf minutes… Faux départ.

Moïse avait laissé le salon plongé dans l'obscurité par crainte de réveiller Antoine. L'écran de son ordinateur était sa seule source de lumière. Assise en tailleur près de la table basse, elle le fixait avec une sorte d'incrédulité. Elle avait souvent imaginé que la mort de Morrissey serait une tragédie pour elle.

Soudain, elle réalisa qu'elle baignait en pleine confusion. Elle était rentrée à l'heure où l'ivresse se déploie sans équivoque. Elle n'aimait pas se retrouver coincée dans cette minuscule parenthèse de temps où l'on sait qu'il est trop tard pour hier et bien trop tôt pour demain.

Elle se dit que le hasard avait encore mal fait les choses. L'idée de départ consistait juste à fumer une cigarette et à visionner le clip de *The Queen is Dead* avant de se résoudre à aller se coucher. Maintenant, il n'en était plus question. En une seconde, elle avait pris vingt ans.

Elle se leva d'un bond et se dirigea jusqu'à sa chambre. La porte était fermée. Elle appuya doucement sur la poignée et passa une tête dans l'embrasure. Un bruit de draps froissés lui signala qu'Antoine s'était réveillé.

— T'es rentrée ? Ça va ?

— Non, pas vraiment… Morrissey a failli mourir…

— Qu'est-ce que tu veux que ça me foute ? rétorqua-t-il en éructant un rire bref. Viens dormir…

— Non, je ne peux pas. Je suis angoissée.

Antoine alluma la lampe de chevet puis se redressa sur son lit en soupirant avec lassitude. Il dévisagea Moïse qui stagnait dans l'encadrement de la porte.

— Écoute, je ne sais pas ce qui s'est passé mais d'après ce que je comprends, il compte nous emmerder encore quelque temps, non ?

— C'est pas drôle…

— Si ça l'est… Ton Morrissey est vivant alors détends-toi et viens te coucher, dit-il d'une voix enveloppante de douceur.

Au lieu de s'exécuter, Moïse contourna le lit et vint s'asseoir près d'Antoine.

— C'est horrible, tout s'accélère. Il n'y a pas si longtemps encore, la mort n'était qu'une abstraction…

— Je sais, ça commence à se corser, l'eau devient froide…, dit-il en l'attirant contre lui. Il va falloir être inventifs… Et en ce qui me concerne, ça commence par me rendormir immédiatement.

— Tu m'emmerdes avec tes métaphores…, marmonna-t-elle tendrement.

Elle nicha ses lèvres contre la nuque bouillante de son compagnon et en éprouva un sentiment de soulagement. Antoine avait beau l'agacer, il restait l'unique personne capable de donner du sens aux choses les plus cruellement absurdes.

Elle ôta ses vêtements, harassée de fatigue. L'émotion était passée. Elle laissait place à la honte. Honte de s'être montrée si friable devant lui. A fortiori vis-à-vis d'un tel non-événement. Elle avait tout perdu de son arrogance. Il l'avait aimée forte et désinvolte. Forte par désinvolture. Après trente années de voyage à ses côtés, elle se révélait aussi désarmée qu'une enfant face à l'existence, au détail près qu'il n'y avait plus en elle la moindre trace de naïveté.

C'était la double peine.

Durant tout ce temps, le couple qu'ils formaient s'était bien gardé de regarder la vie en face. Ils avaient louvoyé jusqu'à l'extase. Mais désormais, ils semblaient ne plus avoir le choix. L'indifférence aveugle qui leur avait servi de rempart cédait sous la pression du réel.

Au fond d'eux-mêmes, ils savaient que naviguer entre fiction et réalité revenait à jouer à la roulette russe. Tôt ou tard, le coup partirait et la balle se logerait dans un recoin de l'âme d'où nul ne pourrait la déloger. Balle perdue à jamais. Il leur faudrait vivre avec elle et accepter qu'elle les tue à petit feu.

Morrissey n'était pas mort.

Mais c'était tout comme.

Première partie

À l'infini, tu es tenu

Chapitre 1

Il y a des gens à qui tout réussit, même leurs échecs. Moïse se faisait cette réflexion en observant Julien du coin de l'œil. Elle trouvait que le succès l'avait changé. Après des années de difficile ascension, il avait enfin atteint un sommet où tout lui semblait vide.

Elle le regardait scruter Claire de ses yeux sombres. Une part d'elle s'identifiait à lui. Comme lui, elle cherchait parfois à lire le nom de sa rage dans les yeux d'Antoine. Tout ça c'était la faute à ces mauvais souvenirs qui émaillent les longues histoires jusqu'à s'en faire les emblèmes.

Posté au bout du comptoir bondé de l'Enfer, Julien ne desserrait les mâchoires que pour écluser son verre. Son regard croisa celui de Moïse. Il réalisa qu'elle était en train de lire en lui comme dans un livre ouvert. Être pris sur le fait attisa sa mauvaise humeur. Il n'aimait pas ce genre de promiscuité sensible. Elle lui rappelait la banalité de certaines douleurs. Il trouvait à la joie une physionomie plus noble, plus singulière. Le problème c'est qu'en vieillissant, même les joies les plus éclatantes prenaient un goût insipide.

Il n'avait qu'une envie, celle de dire à Moïse de lui lâcher la grappe. À la place, il esquissa un sourire un peu idiot. C'était comme ça. Moïse l'agaçait mais elle était sa meilleure amie. Il n'ignorait pas que l'expression « meilleure amie » était puérile voire pathétiquement niaise pour des gens de leur âge. C'était même ce qui lui plaisait. D'ailleurs, en dehors de son charme adolescent, la formule avait-elle vraiment un sens ? Il la connaissait aussi bien qu'on peut et qu'on doit connaître un ami cher. Cette ignorance partielle du caractère de Moïse le mettait à l'abri de toute déception. Les longues amitiés reposent sur une bonne dose de malentendus. La leur ne faisait pas exception.

Gabrielle, Claire et Moïse enchaînaient les verres de l'autre côté du bar. Avec ses yeux d'un bleu métallique que ses lentilles auréolaient de mystère, Gabrielle répondait à Moïse du tac au tac. Entre elles, c'était une mécanique bien huilée. Elles riaient des mêmes choses. Cela voulait dire beaucoup. Il s'agissait de l'angle par lequel elles envisageaient la vie et s'en amusaient.

Julien observait Claire sautiller sur elle-même et gesticuler comme une enfant qui veut s'imposer dans une conversation entre adultes. La vitesse de son débit de parole trahissait avec une fiabilité imparable la dose de cocaïne qu'elle avait prise. Chaque fois qu'il le lui faisait remarquer, elle adoptait une mine effarouchée et dégoisait ses petites excuses usées jusqu'à la corde. C'était de bonne guerre, tous les consommateurs de drogue côtoyaient le mensonge comme leur plus fidèle ami.

L'Enfer était un bar resté dans son jus, un vieux troquet de quartier auquel le patron avait eu l'intelligence de ne pas toucher. Les rares marques de modernité qu'il avait apportées donnaient à l'ensemble une rudesse sophistiquée appréciée par la clientèle.

Le monde de l'Enfer était un monde à part, un monde microcosmique qui se plaisait à imaginer n'avoir rien en commun avec l'autre, celui des gens qui se lèvent tôt pour gagner leur vie. Au regard de ces derniers, Moïse, Claire et le reste de leur petite bande perdaient la leur en se couchant tard.

Ils s'étaient tous connus dans la nuit. À l'époque, la plupart abordaient la trentaine. Ils n'étaient pas si jeunes… Mais chacun d'eux s'était fait la secrète promesse de ne jamais se laisser happer par ce que la société avait coutume de nommer le monde adulte. Pour ces gens qui n'avaient pas réussi à grandir, les lois permissives de l'Enfer constituaient un terrain de jeu idéal. Voilà plus de vingt ans qu'ils y faisaient la fête, et qu'ils s'acharnaient à maintenir un semblant de jeunesse tout en creusant leur tombe à coups de lampées mécaniques et d'aspirations répétées dans les latrines les plus fréquentées de Paris.

Mais à la différence des autres dont la trajectoire professionnelle s'avérait parfois chaotique, Julien devait désormais combiner sa vie nocturne avec un univers beaucoup plus contraignant. Il rentrait chez lui de plus en plus tôt. Son nouveau rythme le lui imposait. Il dirigeait une entreprise de jeux vidéo et des centaines d'employés. Il enchaînait les réunions, valsait avec lassitude entre les problèmes de ressources humaines, d'organisation et de délais non tenus.

Ce statut l'avait rendu célèbre et riche. Il gagnait plus d'argent que tous ses amis réunis. D'ailleurs, il payait souvent leur addition. Gagner de l'argent le rassurait. Outre l'idée séduisante de ne plus rien avoir à prouver en termes de réussite sociale, il avait toujours aimé la sensation d'avoir les poches pleines. Elle lui donnait l'illusion d'être libre. Soulager des désirs brusques et soudains comblait aussi son ennui. Mais il n'avait pas envisagé que le prix à payer pour cette nouvelle vie au sein de laquelle il pouvait à peu près tout s'offrir serait l'absence d'enthousiasme qu'engendrerait sa réplétion.

Il pensait à tout ça avec aigreur, sans détacher son regard de la femme qu'il aimait. Au même moment, Claire sentit son corps traversé par un faisceau glacial. Elle fourragea le lieu de ses yeux inquiets et s'arrêta sur Julien. Dégrisée et féline, elle s'esquiva du groupe qui s'était formé autour des trois filles pour le rejoindre. Elle s'approcha, pénitente, tel un chien qui s'apprête à se faire engueuler par son maître sans en comprendre les raisons.

— Ça va, chéri ? demanda-t-elle d'une voix enjôleuse et qui montait dans les aigus lorsqu'elle voulait mettre quelqu'un dans sa poche.

Il contempla ses fines lèvres qui se tordaient et ne put s'empêcher d'en éprouver une joie sadique.

— Ouais, super ! répondit-il en adoptant un air cool.

Mais Claire le connaissait assez bien pour deviner ce qui se tramait dans sa tête. Dans un geste inconscient d'apprivoisement, elle caressa la joue de Julien avec douceur.

— Tu veux pas partir, hein ? Pas déjà ? le questionna-t-elle avec inquiétude.

Il émit un rire goguenard.

— Ne fais pas comme si tu te sentais obligée de rentrer avec moi…

Aussitôt, Claire se raidit. Une sensation d'angoisse s'infiltra dans ses tripes. Une part d'elle le maudissait. Il avait toujours eu un talent certain pour lui gâcher la fête.

— Qu'est-ce qu'il y a ? Qu'est-ce que j'ai encore fait ? T'es vraiment chiant, tu sais !

Julien vit qu'elle avait abandonné toute envie de transiger. D'un seul coup, elle sortait les couteaux. Un vrai sentiment de révolte fusait en elle. Et elle avait raison. Il lui gâchait sa soirée et sa joie, c'était injuste. Rien de nouveau sous le soleil. À trop se fréquenter, les vieux compagnons de route finissent toujours par se montrer injustes l'un envers l'autre. C'était un fait établi. Mais il connaissait l'animal. Il la savait capable de hurler son mécontentement devant tout le monde et de le faire passer pour le rabat-joie de service. Il se ravisa en ricanant d'un air moqueur.

— Mais j'ai rien dit ! Arrête la coke, ça te rend parano !

Alors qu'ils étaient bousculés de tous côtés, elle fit un pas en arrière en le fixant sans pouvoir réprimer une grimace de dégoût.

— Ah, quelle mauvaise foi, lâcha-t-elle. Tu vas encore me prendre la tête avec ça… Puis en lorgnant son nez avec un sourire empreint de léger dédain : Au lieu de m'espionner, tu ferais mieux de t'occuper de ton propre cas ! Les criminels ne sont pas ceux qu'on croit…

Pris à son propre piège, Julien s'essuya rapidement le nez. Il s'apprêtait à répliquer, mais Antoine qui venait de surgir des toilettes annihila toute velléité de riposte.

Moïse observa l'attitude de son compagnon et s'en amusa de loin. Elle reconnaissait cet air d'adolescent provocateur qu'il adorait prendre lorsqu'un moment lui plaisait. À l'âge qu'il avait, l'expérience agissait comme un placebo. Pour éprouver une réelle excitation, il se devait d'esthétiser chacun de ses gestes. En somme, il était plus excité par le cérémonial que par le produit lui-même. À dessein ou pas, il s'insinua entre eux pour accéder au comptoir.

— Matt, tu peux me servir un demi, s'il te plaît ?

Matt avait cinquante ans passés, dont une bonne quarantaine vécue dans la nuit. Voilà deux décennies qu'il s'occupait de l'Enfer. Le patron lui faisait une confiance absolue. Et avec les années, il avait lobé le statut de responsable du bar pour accéder à celui d'icône incontournable.

En dépit de son caractère irascible, Matt ne se départissait jamais du jugement magnanime qu'il réservait à chaque situation. La vie n'était qu'un jeu et même si parfois le jeu tournait mal, sa nature élégante le poussait à rester *fair-play*.

Antoine et lui étaient proches. En plus d'une amitié due au temps et à cette obscure chimie qui rapprochent les êtres les plus dissemblables, leur passion commune pour la house avait définitivement scellé leurs liens. Matt avait connu des heures glorieuses dans les années 90 comme DJ star du Calao, une boîte mythique de Quimper dont la clientèle dépassait largement les frontières de la Bretagne. Quant à Antoine, la house, des boîtes de nuit comme le Boy, le Queen ou le Privilège ainsi que la prise compulsive d'ecstasy composaient les mantras de son paradis perdu. Se remet-on jamais de l'explosion que crée chez nous la rencontre avec une musique, l'illusion d'une liberté totale et la grande aventure de la nuit ? Les êtres en quête d'absolu se refusent à faire ce deuil. Alors ils continuent de mimer leurs premiers émois parce qu'il suffit de s'enquérir d'un ailleurs plus stimulant pour savoir qu'il n'y a rien. Sinon la mort avant la mort.

Mais les années 90 avaient déjà plus de trente ans. Et sans se le dire, les deux amis s'identifiaient comme les vestiges d'un monde englouti.

D'expérience, Antoine savait qu'il allait déclencher les foudres de Matt par le simple fait de lui demander un verre. Matt se retourna vers lui et dressa un féroce doigt d'honneur sous son nez.

— Et tu veux pas que je te suce aussi ? rétorqua-t-il en éclatant de rire.

Plus que tout au monde, Antoine aimait qu'on le provoque. Cela lui permettait de donner libre cours à ses sarcasmes.

— Je n'ai jamais envisagé une telle chose mais si tu insistes, je ne suis pas contre… D'ailleurs, je ne te l'ai jamais dit, mais tu me rappelles un *raerae* que j'ai bien connu à Tahiti il y a longtemps…, claironna-t-il.

— Hein ? Tu sais ce qu'il te fait le *raerae* ?! hurla Matt en mimant l'acte de coït.

— Nous n'étions pas allés jusque-là… Enfin, je crois… Je pense que je m'en souviendrais…

— Antoine, ne me prends pas la tête ce soir, je ne suis pas d'humeur !

Claire, Julien et Antoine échangèrent un sourire complice. Tous trois savaient que Matt n'était jamais d'humeur mais qu'il était d'une insondable tendresse. Il avait fait de son mauvais caractère un style. Celui-ci avait fini par s'imposer comme la marque de fabrique du bar et contre toute attente, c'était même lui qui en faisait le succès. Julien avait remarqué que, l'effet de surprise passé, les gens adoraient se faire malmener par Matt. Et lorsque par magie il lui prenait l'envie de se montrer aimable avec eux, cela quadruplait leur sentiment d'avoir intégré le cercle des privilégiés. Comme beaucoup de pauvres hères sur cette terre, ils étaient prêts à abandonner tout orgueil pour alimenter leur insatiable vanité.

Chapitre 2

Moïse était sortie du bar pour fumer une cigarette, mais une fois celle-ci terminée, elle considéra que l'effort et la distance parcourue en valaient au moins deux.

En période de *fashion week*, la terrasse bondée de l'Enfer ressemblait à une véritable tour de Babel. Pourtant, si on y parlait une multiplicité de langages, il s'y disait toujours la même chose ou le même rien.

Que se passe-t-il aujourd'hui, je me sens vide ? se dit-elle en tirant sur sa cigarette. Elle contempla les looks improbables des fashionistas qui l'entouraient et pensa avec cruauté qu'elle devait sans doute cette sensation de vide à sa promiscuité avec eux. Elle eut à peine le temps de se féliciter pour cette plaisanterie facile qu'une vague de mélancolie la submergea.

Depuis qu'ils étaient arrivés, Antoine et elle n'avaient pas échangé le moindre mot. Pourquoi s'en émouvait-elle ? Cela faisait des années qu'une règle tacite s'était instituée entre eux. Ils devaient veiller à se comporter comme de simples amis dès qu'ils se retrouvaient dans un bar ou dans une soirée. Cela leur donnait l'illusion de jouir du célibat dont leur rencontre à un âge précoce les avait privés.

Ainsi l'un et l'autre s'offraient souvent ces quelques heures de badinage sans craindre qu'une scène ne vienne interrompre leur quête de légèreté. Mais force était de constater qu'en vieillissant, Moïse supportait moins ce systématisme de leur indifférence réciproque. Loin de la rassurer, cette posture séculaire la mettait en déséquilibre. Elle en venait à douter de leur amour.

Subitement, l'éclat de rire explosif d'un Italien l'arracha à ses ruminations anxieuses. Elle connaissait ce son par cœur. C'était un rire de Méditerranéen pour lequel l'instant présent compte plus que d'improbables lendemains. Il était en tout point identique à celui de son père dont, tout à coup, elle revit le corps sec et bronzé, irradié d'un soleil insolent.

Entre le monde des vivants et celui des morts, les choses s'inversèrent. Soudain, c'était elle dont le spectre revivait la grande réminiscence. Elle se tenait secrètement près de lui sur cette plage de Nice à laquelle la lumière du matin allait si bien. Elle le contemplait et admirait son talent à jouir du bonheur simple d'être là.

Il avait l'habitude de plonger ses yeux dans la mer d'huile d'un bleu sublime, puis, sans prévenir, il éclatait d'un rire vif qui déchirait le ciel. Parfois, Moïse osait interrompre ce moment intime en le questionnant sur ces éclats inattendus. Il retombait aussitôt dans son mutisme et lui signifiait d'un geste lent de la tête qu'il était incapable de partager ses secrets avec elle. Elle avait fini par penser que cette éruption subite était un pied de nez à ce cri qu'il s'interdisait de pousser lorsque la contemplation de tant de beauté le ramenait à ses cauchemars éveillés. Il devait penser à son enfance marquée par la guerre et les humiliations. Les gens s'effacent plus vite que le mal qu'ils vous ont fait.

Ébranlée par la prégnance de ses visions involontaires, elle lâcha dans un murmure étouffé : « Personne ne devrait mourir en été… »

Le souffle coupé, elle se leva et se mit à chercher son père des yeux parmi la foule compacte qui inondait le trottoir. Elle ne vit que des êtres jeunes et bien portants.

Elle se rassit, jeta son mégot d'une pichenette et alluma une troisième cigarette.

Si le vrai tombeau des morts était le cœur des vivants, alors son père ne pouvait être ailleurs que là où elle se trouvait.

Elle avait découvert que la mort charriait son lot de surprises. Loin de les séparer, elle leur avait offert une seconde vie ensemble, une vie débarrassée des principes mesquins de l'éducation. Désormais, elle pouvait s'adresser à ce père iconique d'égal à égal.

Elle ne craignait plus ses jugements ou un éventuel désaveu.

Elle qui s'était toujours sentie coupable d'avoir atterri dans une famille où elle n'avait jamais eu la sensation de trouver sa place s'arrogeait enfin une légitimité à travers la mort de son père. La question du mensonge qu'elle se faisait à elle-même ne pesait pas bien lourd face à l'apaisement qu'elle en retirait.

Elle avait passé son enfance à Nice, choyée par des parents aimants. Rien ne la prédisposait à éprouver un sentiment de rejet. Et puis le temps avait mis en exergue sa singularité. De l'extérieur, tout portait à croire que ces prémices de schisme n'étaient dues qu'à une adolescence difficile. Mais l'extravagance de ses pensées, la forme arrogante qu'elle employait pour les dire la désignaient de fait comme le lieu de dissonance dans cette symphonie familiale.

Dans le regard de ses parents et dans celui de sa sœur, elle commença à lire une défiance inconsciente, et dans certains de leurs silences des « elle n'est pas comme nous ». Une défiance du même ordre gagna ses professeurs et ses camarades d'école. Un sentiment aigu d'injustice naquit en elle. Elle se mit à plonger dans de telles colères que tous se mirent à penser qu'elle était folle. L'hypothèse qu'ils soient fous et non elle leur avait-elle échappée ?

Nul ne songea à expliquer sa rage par le sentiment que lui inspiraient la révélation de la médiocrité du monde et le spectacle de ces esprits confits aux conventions bourgeoises et rances.

Hormis l'ennui, l'autre problème des villes de province est le statut pariatique que vous confère la moindre expression de singularité. Heureusement, il est beaucoup plus facile d'y trouver des alliés qu'au cœur des grandes capitales. À quatorze ans, Moïse trouva ces précieux alliés en club, sur une piste de danse, au sein de la communauté gay.

Ces réprouvés que la société des années 80 considérait encore comme d'innommables maudits, des pervers contagieux, lui firent le don inestimable du goût et de l'orgueil de la différence. Ces combattants du dancefloor s'imposèrent à la fois comme sa planche de salut et une famille de substitution où elle pouvait être elle-même sans restriction.

Cependant, le refrain d'une existence secondaire et d'une présence dérisoire continuait de se fredonner en elle. Elle comprit qu'elle n'en sortirait jamais. L'enfance est un terreau d'où naissent de sublimes fleurs parmi lesquelles se glissent d'increvables orties.

La fine membrane qui sépare le souvenir du présent se rompit d'un coup. Julien l'avait rejointe sur la terrasse pour fumer. Elle n'avait pas encore atterri. Ses yeux le transperçaient sans avoir l'air de l'identifier. Il fronça les sourcils en tirant sur sa cigarette et la dévisagea au travers du léger brouillard de fumée. Tout en cherchant quelque chose de pertinent à dire, il posa une main sur son épaule.

— Eh, Moïse, ça va pas ? demanda-t-il inquiet. Tu veux que j'appelle Antoine ?

Elle sursauta puis parvint à grimacer un faible sourire.

— Non, non, ça va. J'étais partie trop loin… feint-elle de plaisanter.

— Faut arrêter la coke, les filles, ça vous rend pas très jouasses…

Moïse savait que c'était à Claire et non à elle qu'il s'adressait. Il continuait de camper sur ses principes. Il était de ces êtres encore poreux aux petites affaires de l'existence. De ce côté de la vie où tout nous porte à croire qu'elle est éternelle et qu'il y a quelque chose à gagner.

Il désirait lui montrer qu'il était le seul à garder la main sur la drogue et à maintenir le cap de son existence. Il était dans cette phase de déni où il tenait à se persuader qu'il n'était pas comme ses amis ou comme sa femme, un être perdu, empoisonné par ses mauvais rêves.

Contrairement à ce qu'il prétendait, peu d'entre eux se droguaient ou buvaient par dépit. Ils avaient avec l'alcool et la coke une relation joyeuse. Seule la répétition avait fini par leur donner des airs désenchantés. Aucun d'eux ne pouvait ignorer que ce qui les faisait le plus vivre les tuait en même temps.

Moïse le toisa, pleine d'une colère froide. Elle avait envie de le secouer dans l'espoir qu'il réalise que pointer les autres du doigt n'était qu'une façon d'exprimer un simple reniement de lui-même.

Il avait beau se débattre, penser qu'il s'en sortait, un jour ou une nuit, n'importe quand, la puissance de l'inanité des choses étranglerait sa gorge si fort qu'elle en paralyserait ses sanglots.

Au-delà des sacro-saints sentiments, le postulat d'une vision commune pesait de plus en plus lourd sur le lien qui unissait Moïse aux autres. Même si voir des routes se séparer demeurait un crève-cœur pour elle, elle avait cinquante ans et le temps lui avait appris qu'elle n'avait aucune prise face à ce qui se dérobe.

Soudain, toute trace de colère disparut. Au contraire, la naïveté de son ami la remplit d'émotion et de tendresse pour lui.

— Tu as raison, il faudrait arrêter…

Chapitre 3

À trop fréquenter leur sainte nuit, ils avaient fini par devenir gris. Exsangues de tout émerveillement et privés de leur jeunesse, que leur restait-il ?

Ils avaient viré vieux sans s'en apercevoir. L'ivresse avait eu pour vertu de les détourner de leur propre naufrage mais n'avait pu empêcher les braises de s'éteindre. Au sein de leur groupe, qui avait encore assez de force pour raviver le feu ?

Les années avaient filé à l'identique. Ils avaient à peu près répété les mêmes gestes, prononcé les mêmes paroles, écouté les mêmes disques. Et parmi eux, elle était celle qui s'était le plus acharnée à rester fidèle à une adolescence qu'elle avait, à tort ou à raison, consacrée comme son âge d'or.

Était-elle maintenant la seule à avoir l'impression de s'effacer, de devoir affronter près du comptoir ou dans la file des toilettes les regards frais qui la narguaient de leur pouvoir sans même en avoir conscience ? Comment envisager une suite à cette existence bercée d'éternité ? Il y avait pire qu'apprendre à mourir, c'était s'habituer à l'idée de sa transparence. Sa vie de noctambule avait peut-être fait d'elle une fille d'un narcissisme crasse dont le seul objet de révolte était de ne plus être en mesure d'accrocher le moindre regard de désir. D'un autre côté, elle se disait souvent que renoncer à toute idée de séduction lui donnerait peut-être l'impulsion d'une renaissance où sa seule coquetterie consisterait à cultiver son intériorité.

Mais la société dans laquelle elle vivait était de plus en plus impitoyable avec les femmes de son âge. Et elle n'arrivait pas à faire autrement que de se sentir diminuée.

Elle remonta la rue Vieille-du-Temple où régnait cette atmosphère de coolitude généralisée avec laquelle elle faisait corps depuis si longtemps mais qui ce soir l'irritait.

Elle savait pourquoi elle se sentait si mal dans sa peau. Cela faisait déjà six ans qu'elle ne s'était pas assise à sa table de travail pour écrire. Cette longue vacance avait laissé à la peur tout champ libre pour s'installer en elle. Désormais, elle était convaincue que les portes de cet asile hors du temps que constituait l'écriture lui étaient définitivement fermées.

Parfois, elle tentait de se raisonner, d'atténuer la pression. Il fallait se montrer réaliste, après quatre romans publiés, elle était loin de faire partie des auteurs dont on attendait le prochain livre. Si son travail littéraire s'avérait si nécessaire, c'était parce qu'il lui permettait de réparer sa vision du monde et celle de sa propre existence. La vie, celle qui méritait d'être considérée par elle, était celle qu'elle transformait en fiction.

Aussitôt, un couplet de *Half a Person* résonna dans sa tête. « *And if you have five seconds to spare, then I'll tell you the story of my life.* »

Ces incursions d'une chanson des Smiths dans ses pensées étaient fréquentes. Elle ne s'en étonnait pas. Les mots et les mélopées splendides de Morrissey l'accompagnaient depuis si longtemps qu'ils avaient fini par sculpter sa sensibilité. Elle en arrivait même à se demander si son idole mancunienne n'était pas à elle seule responsable de son incurable mélancolie.

Avec l'expérience de cette puissante connivence, elle avait compris l'importance du rôle des idoles dans un parcours initiatique. Elles accouchent puis transcendent une nature qui sans elles pousserait comme une herbe folle. Moïse éprouvait une reconnaissance infinie pour ces noms, ces êtres, ces œuvres qui continuaient de l'accompagner sur cette route cahoteuse vers elle-même.

L'autre raison pour laquelle elle différait sans cesse l'écriture d'un nouveau livre lui avait été soufflée par un psy qu'elle avait consulté après le décès de son père. Elle avait naïvement espéré que poser des mots sur les morsures atténuerait le mal que laissent les dents enfoncées dans la chair. Mais la résilience était une vraie connerie. Le voyage continuait, lesté de ses douleurs. Le génie consistait à marcher sur le fil sans céder à l'attraction des précipices. Tout redeviendrait d'une éclatante légèreté bien plus tôt qu'on ne l'imaginait.

Au bout de quelques séances, elle s'était rendu compte qu'elle parlait assez peu de lui. Il s'agissait bien d'un deuil mais ce deuil était celui d'une vision idéalisée, infantile, de l'existence.

Ce qui manquait cruellement à son moteur, c'était la foi. Elle se révélait de moins en moins apte à croire et à reconnaître la beauté du monde. La peur des blessures combinée à la prise répétée de cocaïne avait fait d'elle un être au cœur anesthésié. Cette asepsie de l'âme étranglait même son travail d'auteure ; un travail qui avait tant compté pour elle.

Durant les années où elle écrivait encore, elle avait puisé dans les souvenirs d'enfance et compté sur la mémoire des sensations. Faire vibrer cette musique intérieure avait temporisé la violence de ses démons, l'avait sauvée de l'ennui abyssal d'une vie vécue sans poésie. Mais son crédit était à sec. La pose se substituait à la sensation. Ce postulat cynique de la mimétique émotionnelle rendait toute entreprise futile.

Alors qu'elle ratiocinait sur le sujet, son psy l'avait interrompue. Avec ce ton paternaliste qui sous-entendait que tout être qui s'asseyait sur son divan faisait gémir l'enfant en lui, il lui avait rappelé que son père était mort l'année de la publication de son quatrième roman. Après quoi, il avait mis fin à la séance en l'invitant à réfléchir sur cette malheureuse coïncidence.

La semaine suivante, Moïse s'était rendue à son cabinet la peur au ventre. Sans pouvoir se départir d'un air coupable qu'elle jugeait inapproprié, elle lui avait avoué son échec à résoudre la fameuse énigme. D'une voix douce et impénétrable, il avait défloré le suspense. En pensant à l'éventualité d'écrire un cinquième livre, elle était terrorisée par l'idée de faire mourir sa mère. Calé dans son fauteuil Eames, il la jaugeait, portant sur ses pauvres interrogations un regard à la fois soucieux et détaché.

Alors comme ça, elle se sentait responsable de la mort de son père ? Cela lui parut stupide.

En quittant le cabinet, elle se dit qu'elle n'y remettrait plus les pieds. Mais durant les jours qui suivirent, une image ne cessa de la tarauder. La dernière sortie à l'air libre de son père avait eu lieu lors de la remise de son prix Nice Baie des Anges. Après un déjeuner à la Petite Maison, la délégation avait parcouru à pied la centaine de mètres qui séparaient le restaurant du jardin Albert-Ier où se déroulait le salon. Elle marchait telle une somnambule, envoûtée par l'étrange sentiment que deux époques de sa vie s'entremêlaient. Le restaurant était situé face à l'immeuble où elle avait vécu une adolescence aussi chaotique que vibrante. Plus de trente ans plus tard, elle parcourait le même chemin qui la menait à la boîte du Saturne où, grâce à la musique new wave et à la danse, ses sens s'étaient aiguisés et lui avaient permis de s'accepter en se rêvant une autre.

Chaque soir, ses parents à peine endormis, elle fuyait la chaleur de sa chambre pour foncer, hors d'haleine, retrouver les bras enivrants de cet univers défendu où elle pensait rayonner. Elle venait de goûter aux premières brûlures de la nuit sans se douter qu'elles la marqueraient pour la vie.

Décidément, ce soir, sa mémoire ne la laissait pas tranquille. Elle s'obstinait à conjuguer des pans de sa vie à tous les temps. Elle se revit plantée sur l'estrade qu'avait aménagée la municipalité au cœur du jardin Albert-Ier. Tendue et endimanchée, entourée de notables et de fameux écrivains, elle n'osait affronter le parterre de badauds auxquels se mêlaient ses proches. Sous la tente régnait une chaleur insupportable. Des mèches de cheveux humides dessinaient des arabesques sur son front. Elle se sentait hideuse. Et qu'allait-elle bien pouvoir dire ?

Dans un réflexe puéril, elle avait cherché à trouver secours dans les yeux de son père. Il était assis dans le public, près de sa mère qui lui tenait la main. Il la fixait d'un regard flottant, accroché à la vie par un fil de plus en plus ténu. Sur son visage naviguait cette obscure lumière qu'ont les êtres dont le départ est imminent. De loin, elle grimaça un sourire. Mais son cœur était rongé par le désespoir et les regrets.

Ils avaient eu tant de désaccords, affronté tant d'incompréhensions pendant son adolescence. Et au moment où elle lui offrait enfin l'occasion d'être fier, elle n'était pas certaine qu'il fût en capacité d'en jouir.

Au cœur même des plus grandes euphories, la mort restait là, elle guettait, toute proche, prête à dynamiter toute vie à l'aveugle.

Elle avait commencé son discours en pointant son doigt en direction de la rue de l'Opéra. Elle s'apprêtait à confier à ces inconnus des bribes de sa jeunesse, mais c'était l'écoute de son cercle intime qui lui donnait le trac.

Tout avait débuté à une centaine de mètres d'ici. C'était là qu'elle s'était essayée à la littérature pour la première fois. Il fallait bien faire quelque chose de cette rage qui frayait dans ses veines. Elle rêvait d'une vie à part, d'un destin singulier. Sans se le signifier, elle avait la prescience qu'écrire de la fiction lui permettrait de vivre plusieurs vies, des contrevies qui la détourneraient de la sienne, où elle se sentait déjà terriblement à l'étroit. Mais elle était turbulente et paresseuse. Et personne, à commencer par elle, ne la pensait capable d'une telle rigueur.

Sans lâcher son père des yeux, elle avait évoqué ses fréquentes escapades nocturnes et son insouciance face aux risques que lui faisait courir une telle précocité.

Depuis l'époque des nuits furieuses où elle traversait cette même place avec son kilt et ses

Dr. Martens, elle n'avait jamais cessé de chercher à retrouver le goût neuf et grisant de cette liberté.

Elle avait émis un rire dont les accents complices ne s'adressaient qu'à lui, mais avait constaté qu'il était déjà loin.

Chapitre 4

Aux abords du Purgatoire, elle ralentit le pas. Elle n'avait pas envie de rentrer chez elle. Elle hésita à traverser. Elle se dit qu'elle pourrait s'accouder seule au comptoir et penser à son roman. Elle s'y mettrait dès le lendemain…

Après l'Enfer, le Purgatoire était son second QG. Elle y croiserait sans doute une connaissance qui se proposerait de lui tenir compagnie et profiterait de cette bonne action pour la bassiner avec ses projets artistiques.

À lui seul, le quartier comptait plus d'artistes que le reste de l'univers. À croire qu'il y avait un physio à l'entrée de chaque rue du Marais pour s'assurer que le prétendant à y pénétrer ne commettait pas la faute de goût d'avoir un métier plus conventionnel.

Après deux, trois verres et autant de mensonges, elle se verrait offrir un trait. Pourquoi pas ? se dit-elle. Cela l'aiderait peut-être à relancer sa soirée. Elle pourrait même finir par la trouver amusante. La cocaïne rend complaisant et fait passer la pire vacuité pour une esthétique. C'était pour cette raison précise qu'elle n'avait jamais songé à s'arrêter.

Elle traversa et s'immobilisa aux abords de la terrasse bondée du Purgatoire. Quelqu'un la héla de loin. Elle tourna la tête et identifia Éva, une fille qui bossait dans la mode. Elle ne la connaissait pas vraiment. Leur seul fait de gloire était d'avoir souvent échoué dans des appartements du quartier pour finir nuits et képas.

Moïse sinua entre les tables et la rejoignit. Éva lui présenta Freddy et Sam, deux beaux mecs de vingt ans ses cadets qu'elle avait connus sur un shooting.

— Assieds-toi et prends un verre avec nous !

— Allez, OK ! s'exclama Moïse après avoir feint d'hésiter.

Elle se mit à la recherche d'un tabouret vacant et revint s'installer avec le petit groupe.

— Putain, j'te dis pas, je suis exténuée ! Ils m'ont tuée ! dit Éva en faisant allusion aux deux mannequins qui l'accompagnaient.

Les deux mecs se mirent à rire de concert.

— Il t'en faut pas beaucoup, ma chérie, répliqua Freddy, l'air moqueur.

Il ne fallait pas être grand clerc pour comprendre que les deux garçons étaient gays.

— Tu peux parler, toi, monsieur « un geste une pause cigarette » ! rétorqua-t-elle en singeant un grossier bâillement.

Sam toisait Moïse en fronçant les sourcils.

— On se connaît, non ? J'ai l'impression de t'avoir déjà vue… Tu t'appelles comment ?

— Moïse…

— Hein ?! s'exclama Freddy avant de s'esclaffer. Putain, c'est typé… Ça doit être dur à porter… Surtout pour une fille !

— Moi, je trouve ça beau. Et ça te va bien…, déclara Sam dont l'économie d'enthousiasme jurait avec l'outrance de Freddy.

Cette surprenante sobriété eut pour vertu de réconforter Moïse.

— Merci !

Elle esquissa un sourire puis alluma une cigarette.

Il y eut un instant de silence où chacun cherchait une chose intelligente à dire. Il y avait donc fort à craindre que celui-ci ne s'éternise.

— Je t'emmène avec moi ? finit par proposer Éva.

— OK…

Moïse suivit Éva dans l'escalier qui menait aux toilettes.

Elles s'y enfermèrent toutes les deux. Éva rabattit l'abattant et s'accroupit pour faire deux lignes à même le plastique souillé.

— Putain, tu le crois, ça ? Les deux mecs sont ensemble ! Toute la journée j'ai eu l'impression que Freddy me matait et voilà que je les retrouve en train de se galocher comme des brutes derrière un portant. C'est bien ma chance, j'en ai ras le bol !

Elle aspira sa ligne et tendit le billet roulé à Moïse.

— Moi, si ça continue comme ça, je finis goudou avant la fin de l'année ! conclut-elle en reniflant très fort tout en se pinçant le nez pour nettoyer ses narines.

Moïse s'accroupit à son tour et aspira la ligne d'un coup d'un seul. Ce n'était pas pour rien que son entourage la surnommait « Dyson ».

Elle se releva, prise d'une sensation de gaieté qui la surprit. Ce n'était pas dû à la cocaïne dont l'effet immédiat n'avait jamais été de rendre quiconque joyeux. Ce qui l'avait arrachée à sa sombre humeur était de constater que même une fille comme Éva, rompue aux pièges de la vie mondaine, avait presque malgré elle réussi à conserver une minuscule part d'innocence.

— Merci, dit Moïse en lui rendant son billet.

Elle s'apprêtait à déverrouiller la porte mais se ravisa. Éva n'avait pas l'air d'être pressée de ressortir. Elle s'adossa au mur carrelé et fixa Moïse d'un air faussement dépité.

— Putain, pourquoi je tombe toujours sur des pédés ? la questionna-t-elle en soufflant.

Par habitude, elle surjouait le dépit mais sur l'instant Moïse pensa que ça lui allait bien. Elle l'avait toujours trouvée jolie, lui enviant ses yeux verts pailletés de miel et sa peau laiteuse. À ce visage de poupée s'ajoutaient une silhouette élégante et des jambes interminables.

— Peut-être parce que tu bosses dans la mode…

— Ah ah ! C'est nul, tu e-ssen-tia-lises les gens ! déclara-t-elle avec grandiloquence, désirant parodier les phrases « type » de l'époque.

Toutes deux éclatèrent de rire et sortirent des toilettes.

Après deux carafes de vin blanc et deux escapades aux toilettes, Moïse eut la sensation que la nuit faisait enfin le job. Elle redevenait elle-même. Ou plutôt une autre... Volubile et légère, elle se révélait drôle et spirituelle et menait les échanges du trio à une cadence infernale.

Quant à Éva, elle ne passait pas plus de dix minutes assise avec eux sans ressentir l'urgence de soulager un besoin pressant. Ce frénétique va-et-vient suscitait la moquerie de la tablée.

— Au fait, j'vous ai pas dit... Vous savez ce qu'elle fait, ma copine ? dit-elle en revenant et en se rasseyant à la table avec une trace de poudre collée à une narine. C'est un écrivain ! lança-t-elle avec une fierté inappropriée. Enfin une écrivaine...

— Ah ouais ?! T'es une star genre Beigbeder, alors ? la questionna Freddy en esquissant une légère moue moqueuse.

— Euh, non... répondit Moïse. Mon éditeur n'a pas cette chance... Compte tenu de mes ventes, publier mes livres est presque un acte humanitaire...

— Ah ah ! Le saint homme ! s'exclama Sam en la scrutant avec une insistance nouvelle. Son statut d'écrivain avait l'air de lui faire de l'effet. Et tu écris quel genre de livres ? Des comédies romantiques ?

— Non… Plutôt des trucs inspirés de ma vie. Quand je suis vraiment bourrée, il m'arrive de me croire dans une comédie romantique. Mais ça ne dure pas très longtemps. Donc non, ce n'est pas ce qu'on appelle la vie en rose…

Moïse sentit poindre un malaise qu'elle reconnaissait. Parler de ses livres la remettait face à sa paralysie.

— Moua, j'adore ce h'elle fait ! C'est hypé wock'n'woll ! Je vous odonne de lirrre ses lives ! intervint Éva pour qui articuler un mot devenait soudainement impossible.

En outre, Moïse savait que celle qui s'affichait comme sa première fan n'avait jamais lu la moindre ligne écrite par elle, préférant de loin inhaler les siennes.

Éva se montrait de plus en plus agitée. La belle fille qu'elle était encore deux heures plus tôt n'était plus qu'un vague souvenir. Ses beaux yeux verts étaient injectés de sang, et sa bouche pulpeuse ne filtrait plus l'écume aux commissures.

Peu gênée par le fait de ne rien connaître de son travail, Éva continuait de vendre son génie aux deux garçons, qui avaient renoncé à comprendre ce qu'elle disait.

Le malaise de Moïse ne faisait que grandir. Soudain la voix d'Éva lui sembla monstrueuse et les clients attablés autour d'elle ressemblaient tous aux

Vieilles cadavériques de Goya. Sentant l'étranglement du vide, elle se leva d'un coup.

— Je dois y aller…

— Mais non, pourquoi ? Reste encore un peu, lui dit Sam.

Elle perçut un soupçon de supplique dans sa voix qui résonnait comme le regret d'une connivence avortée. À vrai dire, elle s'en foutait. Il était urgent d'émerger du Styx avant noyade définitive.

Chapitre 5

C'était l'heure où Matt était dans tous ses états ; il sommait les derniers récalcitrants de vider les lieux mais la plupart d'entre eux étaient trop cassés pour obtempérer du premier coup.

Antoine chercha Moïse des yeux et comprit qu'elle était partie. Elle n'avait signalé son départ à personne. Elle avait dû penser que dans l'état où il était, il ne remarquerait son absence que très tard. Elle avait eu raison. Depuis combien de temps, s'était-elle esquivée ? Il n'en avait aucune idée.

Tout ce dont elle se plaignait au sujet de son détachement était en partie vrai. Cependant, elle se fourvoyait en s'entêtant à croire qu'elle en était à la fois l'objet et la cause. Sa dépression avait été comme un raz-de-marée qui avait tout balayé à l'aveugle. Un homme neuf, presque inconnu de lui, avait émergé de cette vague.

Son retour à la vie avait pris la forme d'une renaissance. Certitudes encombrantes et mythologies n'ayant plus aucune prise sur lui, ses désirs impérieux s'étaient mis à primer sur tout le reste.

Depuis, il se méfiait de la vérité comme de la peste. La vérité était un mensonge déguisé en bonne sœur.

Désormais, il se sentait fort et libéré. Ça le rendait parfois plus cruel qu'il ne l'aurait souhaité.

En termes de cruauté, Moïse n'était pas en reste. Il lui arrivait d'employer des mots assassins avec une réelle intention de l'abattre. Puis la guerre cessait, laissant de nouveau place à l'euphorie d'une connivence que tous deux savaient rare, irremplaçable. Pourtant, ils n'avaient jamais porté le même regard sur la vie. Ce qu'ils avaient en commun était précieux, mais ils l'avaient fabriqué de toutes pièces.

À cette absence de spontanéité des prémices, ils devaient ce monde fantasque et enfantin dans lequel se déployait leur intimité. Ce monde avait engendré des personnages imaginaires qu'ils faisaient parler et qui peuplaient leur quotidien, plus vrais que nature. Au début, ce n'était qu'un jeu, un moyen de pallier leur propre imperfection et celle d'un monde étriqué en lui substituant un univers vaste, libre et d'une drôlerie infinie.

Sans s'en apercevoir, ils avaient fait de leur vie une œuvre secrète, une fiction romanesque qui s'écrivait chaque jour et qui avait souvent empêché des velléités de séparation. Tuer leur couple, c'était tuer une œuvre qui ne pouvait se terminer qu'avec la mort de l'un d'eux.

Le temps d'une seconde, il se reprocha d'avoir ignoré Moïse toute la soirée. Elle était la dernière personne au monde qu'il désirait blesser. À vrai dire, elle se blessait toute seule avec son ahurissante sentimentalité.

— Qu'est-ce qu'on fait ? lui demanda une fille avec laquelle il avait discuté une bonne partie de la soirée.

Absorbé dans ses pensées depuis trop longtemps, il se montra surpris qu'elle fût encore à côté de lui. Elle le dardait de ses yeux équivoques. Qu'espérait-elle ? Rentabiliser le temps passé à écouter ses fadaises, transformer l'essai par une étreinte, une illusion d'amour ? Elle était mal tombée, il n'avait rien à lui offrir. Il ne croyait ni en Dieu ni en les hommes. D'ailleurs, il lui arrivait de se dire que cette vie n'était qu'un rêve.

Elle ne devait pas avoir plus de trente-cinq ans mais elle donnait déjà l'impression d'être sur la touche. Le temps lui était compté.

Il la toisa de ses yeux constamment mâtinés d'ironie. Elle lui avait semblé jolie avec son grand regard bleu, surligné d'une épaisse frange blonde. Il avait surtout trouvé charmants ces deux petits grains de beauté, symétrique ponctuation aux commissures des lèvres. Ses idées humanistes qu'elle livrait en pagaille l'avaient amusé, et d'une certaine façon, rafraîchi. En outre, elle avait eu le bon goût de rire à ses plaisanteries. Mais les lumières du bar s'étaient rallumées, sonnant la fin de la comédie. Le charme était rompu. Maintenant il n'avait que faire de ses attentes. Sa présence le gênait. À son corps défendant, Antoine était revenu à lui-même, c'est-à-dire à l'indifférence que lui inspirait la vie dans la lumière crue d'un bar qui s'apprête à fermer.

— Qu'est-ce qu'on fait ? répéta-t-il. Rien… On ne fait rien…

Le ton était laconique, la voix glaçante. La fille changea de visage. Ses yeux bleus s'obscurcirent. Elle oscillait déjà entre la honte et la rancœur.

— Ah bon ? J'pensais que…

Elle laissa un instant sa phrase suspendue en l'air comme un mirage de plus.

— Désolé, chui fatigué…, déclara-t-il en la gratifiant d'un sourire qui sortit comme une grimace.

— On n'est pas obligés de rester dehors… On peut aller chez moi, si tu veux…, proposa-t-elle avec une timidité surfaite.

C'est à ce moment que Maurizio et Gabrielle foncèrent sur lui, bras dessus bras dessous. Antoine éprouva un grand soulagement à les voir apparaître. Ils semblaient surexcités, et très enclins à poursuivre leur soirée dans les bas-fonds humides d'un bar où rebuts et flamboyants de la nuit avaient coutume de fraterniser jusqu'à l'aube.

— On va boire un dernier verre au Paradis, tu viens avec nous ? lui demanda Maurizio.

De l'Enfer au Paradis, il n'y avait qu'un pas et un piège en trop.

— Les noms des bars sont très mal attribués dans ce quartier… Même après tout ce temps, je ne m'y fais pas.

Antoine s'apprêtait à refuser mais Gabrielle lui donna une tape de camionneur dans le dos.

— Interdiction absolue de dire non ! Tu viens, un point c'est tout ! Déjà que Moïse a filé comme une voleuse…

Alors qu'il évitait de la regarder, il sentait que la fille jaugeait sa réaction. Elle montrait déjà des signes d'exigence inappropriés. Pour qui se prenait-elle ? Cela l'agaça et le décida à accepter.

— OK, mais pas longtemps…, lâcha-t-il, puis il se retourna vers la fille, l'air provocateur. Désolé, je dois y aller…

Chapitre 6

Le téléphone vibra sur la table de nuit et l'arracha à son cauchemar où elle se repassait la scène tragique des derniers instants de son père. Remplie d'effroi, elle sursauta puis s'en empara. Le nom de Raphaël s'affichait sur l'écran. Elle hésita à répondre. Les prévisibles lamentations de son ami pouvaient bien attendre le lendemain. Mais celui-ci réitéra son appel plusieurs fois, et elle le connaissait assez pour savoir qu'il ne renoncerait pas avant qu'elle ait cédé.

Son cerveau bouillonnait encore, elle était bouleversée. Malgré les années, cette scène la hantait avec une intensité identique.

Résolument sourde aux nombreux appels de Raphaël, elle se contenta de jauger son téléphone avec défiance. Elle haïssait cet objet. Il était la preuve de son asservissement consenti. De plus en plus souvent, elle se surprenait à culpabiliser de ne pas répondre à un appel, comme si être joignable tout le temps, et même contre son gré, était devenu un devoir. Les geeks de la Silicon Valley avaient réinventé les règles esthétiques et morales de l'humanité. Bientôt, jouir de solitude serait un crime.

La mort dans l'âme, elle finit par céder et décrocha.

Comme attendu, Raphaël était en plein flip. Il était le genre de type qui pensait être le seul être humain au monde à devoir dealer avec ses frustrations.

— Je ne peux plus me supporter ! Je ne peux plus me voir ! déclara-t-il sans préambule.

— Je ressens exactement la même chose à ton endroit…

— Franchement, c'est pas le moment… J'ai pas du tout envie de plaisanter ! Je crois que je vais me foutre en l'air… Je préfère encore crever que de me regarder vieillir !

C'était devenu une obsession chez lui. Voir sa peau se rabougrir comme un vieux fruit le plongeait dans un état de terreur que sa nature de drama queen exagérait à peine.

— Bonne idée… Raccroche et balance-toi par la fenêtre !

— Mais t'as vraiment pas de cœur ! Je me demande ce qui m'a pris de t'appeler…

— J'allais te poser la même question…

— T'es impitoyable, dit-il avec un réel abattement.

— Non, je suis crevée et moi aussi j'en ai ras le bol ! Mais je ne t'appelle pas en plein milieu de la nuit pour t'emmerder avec mes états d'âme de merde !

— Ça fait beaucoup trop de merde à mon goût tout ça… Je vais donc raccrocher.

Raphaël mit aussitôt sa menace à exécution. Le téléphone encore collé à l'oreille, Moïse ne put s'empêcher de s'en sentir coupable. Après tout, elle partageait les mêmes appréhensions que lui. Les peurs communes étaient censées engendrer de l'empathie entre les êtres. Que s'était-il passé ? Elle le rappela. Il décrocha à la première sonnerie.

— Qu'est-ce que tu veux ? la questionna-t-il sèchement.

— Comme tu as toujours été très premier degré, je voulais m'assurer que tu n'avais pas suivi mes recommandations à la lettre… Mais puisque tu as parlé, j'imagine que tu n'as pas sauté…

— Voilà, tu as ta réponse.

Tout ce temps, elle était restée dans le noir. Elle alluma la lampe de chevet et jeta un œil à la place vide à côté d'elle. Antoine n'était toujours pas rentré.

— Qu'est-ce qu'on va devenir, putain ?

— Aucune idée… Dans le meilleur des cas, on va vieillir et puis crever…

— Ah ouais, d'accord… dit-il en forçant sa déception. Tu ne fais vraiment aucun effort… Avec des ennemis comme toi, on n'a pas besoin d'amis !

Elle ne put s'empêcher de lâcher un rire attendri en constatant que la dyslexie alcoolisée de Raphaël lui faisait souvent dire des vérités qui outrepassaient son intelligence.

— Mais qu'est-ce que tu veux que je te dise de mieux ? Je me demande si t'es vraiment désespéré ou seulement bourré…

— On a le droit d'être les deux ?… Ça te fait rire, toi, d'assister à ta propre décrépitude ?

Elle alluma une cigarette pour freiner le sentiment d'inquiétude qui fusait en elle. Pour l'instant, elle n'était taraudée que par l'absence d'Antoine.

— Ça dépend des jours… Raph, qu'est-ce qui t'arrive, t'as vu Alex, c'est ça ?

— Ouais… Il vient de partir… J'en ai marre de ce gros connard, je te jure…, répondit-il la gorge serrée.

Elle regarda face à elle les piles de livres qui s'entassaient sur la bibliothèque et se félicita d'être si bien entourée. Alors que Raphaël pérorait sur ses amours rohmériennes, elle se surprit à refouler une poussée de vanité.

— Arrête de voir ce mec… À chaque fois, ça te met au fond du trou !

— T'as raison, il se fout de ma gueule en plus ! Je sens qu'il me…

Il s'interrompit, sentant sa voix décrocher. Il était à deux doigts de pleurer.

— Tu sens qu'il te… ?

— Il me méprise ! Il se croit supérieur à moi, juste parce qu'il est plus jeune, que son corps est mille fois plus désirable que le mien. Le pire, c'est qu'il est con comme un manche à balai. S'il ne baisait pas si bien, je le renverrais vite chez sa mère !

— Tu m'as dit qu'elle était morte…

— Fais pas ta débile, c'est une expression !

Elle éructa un rire bref puis réfléchit un instant. Elle pressentait que ce qu'elle s'apprêtait à dire était à l'exact opposé de ce qu'il voulait entendre.

— On connaît cette histoire par cœur… Il a vingt ans et il est sublime, toi presque trente de plus et tu es…

Elle s'arrêta pour souffler. Il y avait encore deux minutes, elle assistait à la mort de son père.

— C'est dans l'ordre des choses…, reprit-elle. Sincèrement, tu es encore pas mal mais tu ne peux pas faire le poids face à lui. La jeunesse est le pouvoir suprême, tu le sais, ça… Tu étais le roi de tous les clubs de Paris. La cinquantaine est la pire période pour des gens qui croyaient pouvoir vivre éternellement dans un roman de Fitzgerald.

— Waouh ! Quelle lucidité…

Moïse préféra ignorer les sarcasmes de Raphaël. Elle se dit que ce qui rendait laids les gens de son espèce n'était pas la nuit qui s'avançait irrémédiablement vers eux mais leur passion éconduite et ridicule pour le neuf et l'éclat.

— Tu peux toujours te consoler en te disant que son âge d'or ne va pas durer… La différence avec toi, c'est qu'il n'aura plus rien pour pavoiser. Pourquoi tu ne cultives pas ce que tu as de particulier en toi ?

Elle avait bon dos de dire ça… Raphaël resta un instant silencieux. Elle écoutait sa respiration qui s'efforçait de revenir en mer calme.

— Ça ne sert à rien de te miner… Tu sais très bien que nous n'avons aucune prise sur tout ça. Chaque jour qui passe nous enterre un peu plus…

— Pour l'instant, c'est toi qui m'enterres…

Elle tira de nouveau sur sa cigarette en observant la lune pleine qui ornait sa fenêtre. Elle s'éblouit de sa rondeur parfaite et sublime.

— Mais le fait que nous n'y puissions rien nous rend moins monstrueux de vanité, tu ne trouves pas ? La beauté du monde est infinie, il serait peut-être temps de poser les yeux ailleurs…

Raphaël demeura silencieux. Pataugeant dans sa triste ivresse, il devait se demander s'il avait composé le bon numéro. Elle l'entendit s'allumer une cigarette et aspirer sa première taffe. Elle s'attendait à être renvoyée dans les cordes d'une phrase cinglante. Avant même qu'il ait parlé, elle lui coupa le sifflet.

— Attends deux secondes, tais-toi !

Une clé venait de s'insinuer dans la serrure. Le claquement de porte fit trembler les murs de l'appartement. Moïse sauta hors du lit et se précipita pour ouvrir la fenêtre. Elle balança son mégot à la face de la lune et se mit à faire des mouvements vains et désordonnés dans l'espoir de balayer la fumée vers l'extérieur. Elle entendait la voix exaspérée de Raphaël l'appeler en sourdine. Moïse lui raccrocha au nez sans préavis et éteignit ce putain de téléphone.

Antoine apparut dans l'encadrement de la porte, la surprenant en train de balayer l'air devant la fenêtre. À ses yeux écarquillés, elle offrit un sourire puéril.

— Qu'est-ce que tu fous ? Tu fumes dans la chambre, sympa…

— Tiens, te voilà ! Tu rentres tard…

Il émit un rire goguenard.

— C'est l'hôpital qui se fout de la charité ! Pour une fois que c'est toi qui m'attends…

Ils se défièrent du regard, immobiles, comme paralysés par l'air glacial qui s'interposait entre eux. Antoine faisait tous les efforts possibles pour garder une attitude à peu près normale, mais son corps tanguait discrètement. D'ordinaire, elle le lui aurait fait remarquer mais elle les savait sur une ligne de crête. Au moindre mot de travers, ils basculeraient dans une dispute aussi interminable qu'inutile.

— Ça va, sinon ? Quelle heure est-il ?

— Je ne sais pas, trois, quatre heures…, dit-il en se dirigeant vers la salle de bains.

Tout en refermant la fenêtre, elle se mordit les lèvres et se supplia de se taire. Mais, toujours aussi incapable de dire non à ses impulsions, elle suivit Antoine et l'interrogea de loin.

— Alors, qu'est-ce que t'as fait ?

Il était penché sur le lavabo et s'aspergeait le visage d'eau fraîche. Il se redressa légèrement, ruisselant, la toisa à travers le miroir.

— Rien, on a traîné avec Maurizio et Gabrielle. On a échoué au Paradis, on a discuté…, articula-t-il d'une voix blanche. Il redoutait la même chose qu'elle. Et toi, qu'est-ce que t'as fait ? Ça pue la clope ! Tu sais très bien que j'aime pas quand tu fumes dans la chambre. Tu pourrais me respecter un peu, quand même...

Antoine enfouit sa tête dans la serviette-éponge. Elle ne put s'empêcher de ricaner.

— C'est vrai que le respect, ça te connaît...

Antoine préféra ne pas relever. D'un geste indifférent, il l'écarta de l'embrasure de la porte et sortit de la salle de bains pour se faufiler dans la chambre. Il lui tournait le dos, assis sur le rebord du lit, observant l'aube qui menaçait. Devoir affronter le chant frais des oiseaux était toujours synonyme d'un grand cafard pour eux.

Elle l'observa se déshabiller avec ces gestes lents et las qu'elle avait elle-même exécutés tant de fois. C'étaient les gestes nostalgiques d'une nuit trop vite passée.

Elle ne put s'empêcher de bredouiller :

— Vous étiez tous les trois ?

Il tourna la tête vers elle et lui adressa ce regard inébranlable et sans amour qu'il avait parfois. Dans ces moments, elle incarnait une véritable ennemie à ses yeux.

— Tu veux savoir s'il y avait cette fille, c'est ça ? demanda-t-il, oscillant entre le mépris et la provocation. C'est pour ça que t'es partie sans crier gare ?

Et sur l'instant, elle eut envie de se jeter sur lui et de le battre jusqu'à ce que mort s'ensuive. Mais un miracle se produisit et, contre toute attente, elle adopta une attitude de décontraction qui n'avait rien de surjoué.

— Non, non, simple curiosité..., dit-elle avec ce ton détaché qui pouvait être interprété comme une posture. Je voulais juste savoir comment était la soirée.

Antoine la jaugea avec perplexité. Elle ne cilla pas. Cela sembla le convaincre de sa bonne foi. Il perdit son air sévère comme on range son glaive.

Elle en conclut que toute imposture de départ pouvait devenir plus vraie qu'un élan naturel. Le mensonge et la vérité d'un être étaient des notions suffisamment bancales pour s'interchanger en moins de temps qu'il ne fallait pour le dire. Tout n'était donc pas perdu. Il fallait juste trouver le courage de se réinventer. Elle se promit d'en finir avec les tout petits et les très grands sentiments.

La tension redescendue, Moïse quitta la chambre pour aller s'allonger sur le canapé du salon. Elle alluma la télé et tomba sur un documentaire consacré à George Michael. Au début, elle le regarda d'un œil inattentif. Mais le film était fantastique. Le personnage la bouleversa par sa sensibilité et son inadaptation à l'existence. Il se révélait bien moins caricatural que son image publique ne l'avait parfois montré. Il fallait se méfier d'un air léger, il était souvent le masque agréable d'une insupportable conscience de l'inanité des choses. Elle s'immergea dans la vie de cette icône pop avec autant de plaisir que dans un roman sublime. Le commentaire évoquait la blessure originelle du chanteur de Wham!, son inextinguible manque d'amour, sa haine de soi.

Les frères d'âme ne sont pas toujours ceux que l'on croit.

En arrière-fond, la chanson *Praying for Time* lui réchauffa le sang. Un flot de larmes tièdes inonda sa joue. Cette longue nuit s'achevait sur un souffle frais.

Elle se sentit suprêmement vivante.

Antoine apparut devant elle. Il avait récupéré son regard doux et aimant. Presque timide, il lui demanda si elle voulait venir se coucher.

« *These are the days of the open hand*
They will not be the last. »

Chapitre 7

Le lendemain, ils se réveillèrent connectés l'un à l'autre. L'affrontement latent qui avait menacé d'exploser la veille n'était plus qu'un entrefilet dans leur quotidien. Ils n'y firent pas allusion, préférant jouir du soleil qui inondait leur salon et qui transformait l'espace en un paradis sans contours.

Ils rirent ensemble tout en se régalant d'œufs brouillés et de saumon fumé. *California Son*, l'album où Morrissey reprenait des chansons californiennes, tournait sur la platine. D'ordinaire, Antoine se serait plaint à Moïse de l'omniprésence de la voix du chanteur dans leur vie, mais cette fois il trouvait que les rythmiques chaloupées et joyeuses de certains morceaux s'accordaient idéalement au parfum d'été qui régnait dans leur appartement. En observant Moïse qui chantait à tue-tête, il remarqua qu'un air d'adolescence persistait sur son visage, et qu'il était mille fois plus perceptible au lever que lorsqu'elle se fardait pour se rendre plus séduisante. Choper au vol ces bribes de jeunesse l'emplit de mélancolie. Il court-circuita son émotion en lui demandant ce qu'elle voulait faire de son après-midi.

— Je crois que je vais essayer de commencer un roman…, déclara-t-elle en détachant chaque mot avec une emphase qui trahissait son appréhension.

Il savait que la simple idée de se remettre à écrire lui donnait le trac. Il essaya de prendre un air surpris et de faire comme si elle n'avait pas formulé cette intention des dizaines de fois ces derniers mois. En réalité, elle lui annonçait son grand retour à l'écriture assez souvent pour qu'il ne s'en émeuve pas à outrance. Elle était comme égarée d'elle-même. Cette abstinence forcée la plongeait dans un désespoir abyssal qu'il avait du mal à comprendre. Pourquoi était-ce si grave ? La frustration pouvait parfois la rendre folle. Prise de panique, elle se mettait à répéter qu'elle avait perdu sa musique et que sans l'écriture, elle n'était plus personne.

— Ah ouais, super ! s'exclama-t-il un peu trop fort. Elle perçut la dissonance dans sa voix et sourit faiblement. Il tenta de récupérer un brin de crédibilité. Que nous vaut cette bonne nouvelle ?

Il essayait de sourire sans ciller pour lui sembler convaincu, mais plus les secondes passaient, plus il avait l'impression de s'enfoncer dans une mauvaise comédie dont il était à la fois l'auteur et le héros.

— Je ne sais pas… C'est hier, à l'Enfer… J'ai eu cette sensation de piège… Il faut que je me remette au travail, sinon je vais mourir d'ennui…

Leurs yeux se frôlèrent avec délicatesse. Il se leva et la contourna pour l'enlacer par-derrière.

— Tu vas y arriver ! Ne te stresse pas, ça rend les choses encore plus difficiles...

Moïse n'ignorait rien du fond de sa pensée. Il la jugeait flemmarde, indolente. Elle posa une main affectueuse sur son bras comme on conjure le sort.

Après avoir déjeuné et pris une longue douche, Antoine vida les lieux pour aller se balader. Il se délectait à l'avance de sa promenade solitaire avec un livre et un carnet pour seule compagnie.

C'était la première journée ensoleillée qu'offrait le printemps. Les rues de la ville arboraient un air doux qui faisait vibrer chaque parcelle de son corps. Quel bonheur de retrouver ces étincelles de langueur et d'intimité avec Paris !

Après avoir longé l'avenue Ledru-Rollin, Antoine traversa le pont d'Austerlitz. Musarder à l'heure où les gens travaillaient redoublait son plaisir. Où se cachaient les héritiers de Baudelaire et de Walter Benjamin ? Il pouvait reconnaître un flâneur d'un seul coup d'œil. Il captait à la fois son regard prêt à sourire au hasard et son pas qui s'autorisait une odieuse nonchalance. Ces aventuriers des villes se faisaient de plus en plus rares. Il éprouvait la plus grande méfiance envers ceux qui ont toujours l'air de savoir où ils vont. Désormais, les trottoirs de Paris semblaient être envahis de zombies que leurs affaires toujours plus pressantes rendaient aveugles à sa beauté, et de touristes préférant la figer sur leur téléphone que de la sentir et de s'imprégner de sa magie.

Il pénétra dans le jardin des Plantes et longea l'allée du milieu pour aller contempler le Shirotae en fleurs dont les branches, qui ne semblaient connaître aucune limite, se déployaient à l'horizontale. Chaque année, ses ramures gagnaient en splendeur. La simple vision de ce tapis de fleurs blanches vous propulsait au paroxysme du sublime. Il songea avec tendresse aux exclamations outrées de Moïse devant le spectacle de ce cerisier dont elle venait admirer la beauté chaque année à l'orée du printemps. Elle employait toujours les mêmes mots pour évoquer le plaisir que lui procurait le spectacle éphémère dont elle avait la chance de jouir. Elle disait que si Dieu existait, il s'incarnait le temps de quelques jours dans la blancheur virginale de chaque pétale avant de se retirer.

Il aimait la voir jubiler d'un bonheur si puissant. Avait-il réussi à la rendre heureuse ? Cette question le taraudait parfois.

Avant de la rencontrer, il s'adonnait à des flirts futiles comme on plonge dans des tourbillons dont la vitesse vous allège et vous fait oublier le temps. Il n'avait pas à fournir beaucoup d'efforts. Il connaissait l'effet qu'il faisait aux filles et aux garçons. Il n'était pas d'une beauté qu'on pourrait qualifier de manifeste. Mais de sa mère polonaise, il avait hérité un visage slave et la mélancolie qui allait avec. Dans la lumière surexposée de Nice, sa longue silhouette sombre et son allure de poète russe détonnaient. Sans le connaître, on lui prêtait toutes les profondeurs du monde. Il enfonçait le clou par un esprit provocateur et des paroles cinglantes. Son but n'était pas de mettre des filles dans son lit. L'idée d'un tête-à-tête charnel avec une inconnue avait plutôt tendance à l'ennuyer. Il lui arrivait même de trouver ça morbide. Il préférait de loin que tout se passe dans son imagination, à sa façon, sans aucune fausse note. Après tout, c'est à ça que servait la nuit, à se méprendre et à s'éprendre.

Dès le début, Moïse avait été attirée par ses partis pris originaux, son refus d'un travail socialement rentable au profit d'une réalisation de soi qui correspondait à une esthétique empruntant à la fois à des Esseintes et à Dorian Gray. Doté d'une intelligence et d'une beauté singulières, Antoine cultivait le snobisme de ne faire fructifier aucun de ces deux atouts dont tout le monde lui répétait depuis l'enfance qu'ils pourraient le mener très loin. Tous ignoraient que leur très loin était son nulle part. Plus il les entendait spéculer sur son avenir radieux, plus il entrevoyait celui-ci comme la pire des malédictions.

Conscient de l'inanité de toute entreprise, il ne voyait son chemin qu'en termes de verticalité. Son travail ne serait rentable que pour lui-même. Ses parents et les êtres qui traversaient son intimité avaient fini par juger ses aspirations d'une insupportable arrogance. On le trouvait poseur. Pourtant, il n'avait jamais été plus sincère que dans ce choix. Moïse avait été l'une des rares personnes à le croire. Elle avait vu en lui un moyen de continuer à se sculpter une personnalité originale mais dont l'esthétique manquait de raffinement. Pensait-elle alors qu'il allait camper sur ses positions jusqu'à son dernier souffle ou avait-elle pris sa radicalité comme la plus belle des postures de la jeunesse ?

Il était conscient qu'un itinéraire non balisé tel que le sien était difficile à poursuivre en duo. Mais comment se résoudre à une vie sans elle ? Moïse restait la personne qu'il aimait le plus au monde.

À l'exception de lui-même.

Deuxième partie

N'oublie pas que tu vas mourir

Chapitre 1

Vivre à Paris avait offert à Antoine une infinité de plaisirs. L'un des plus intenses consistait à se recueillir sur les bancs des églises. C'était un loisir secret qu'il ne désirait partager avec personne. Parmi celles qu'il visitait avec assiduité, Saint-Sulpice était sa préférée. Bien qu'immense et froide, il s'y sentait en sécurité. Relié à l'univers, il n'éprouvait plus ni ennui ni dégoût. Il était simplement au monde. Il avait si peu l'occasion d'éprouver la matérialité de son existence. La plupart du temps, il flottait dans une sorte d'irréalité vaporeuse qui l'éloignait des autres. C'est au cœur de cette parenthèse spectrale qu'il égrenait chaque jour de sa vie en essayant d'en faire une œuvre clandestine et à son goût. Loin de s'en plaindre, il s'évertuait à cultiver cette étrange destinée d'éternel étranger.

Il entra dans l'église, longea l'allée centrale et s'installa au dixième rang. C'était la place qu'il avait choisie depuis longtemps. Elle lui laissait un recul suffisant pour lui permettre de contempler les sublimes vitraux qui surplombaient l'autel. Elle avait pour autre vertu de le mettre à bonne distance de toute tentative d'intimidation du grand ciel. Il n'aimait pas ce que l'homme avait fait de Dieu, cette entité inaccessible dont l'amour se monnayait en devoirs moraux.

Depuis tant d'années, il n'avait jamais trouvé son siège occupé par quelqu'un d'autre. Il avait fini par en conclure que le Divin le lui avait destiné pour nourrir et étayer une conversation intime avec lui.

À peine assis, il sentit ce repli en lui-même, cette soudaine abstraction de soi qui faisait remonter tant d'êtres et tant de choses en lui. Des fantômes de gens qu'il n'avait pas connus, de vies qu'il n'avait pas vécues. Un sentiment de plénitude absolue l'envahit. Il n'y avait plus de barreaux aux fenêtres, plus de limites de temps, les vivants et les morts habitaient le même rêve infini.

Il resta là un bon moment, puis le soleil du dehors et l'air délicieux le rappelèrent à l'ordre. Il sortit d'un pas lent. Sur le parvis, la lumière, l'écho des lumières, lui flamba l'iris. Il jeta un œil sur sa droite. La terrasse du Café de la Mairie avait l'air d'être bondée. Les gens y paraissaient serrés comme des sardines.

Il avait toujours aimé ce café. Alors que tout partait en fumée, il restait pour lui le symbole d'un Paris éternel. Il décida d'y faire une halte.

Une fois sur la terrasse, il se confirma à lui-même qu'il n'y avait plus la moindre place. Il se résigna à tenter sa chance à l'intérieur. Faute de banquettes vacantes dans la première salle, il s'installa dans celle du fond et commanda un café.

Il ouvrit son petit carnet noir dans lequel il écrivait chaque jour son journal. Il aimait ce travail littéraire quotidien, mais ne songeait pas un instant à le faire lire et moins encore à le faire publier. Parfois, il se demandait entre quelles mains tomberaient ces dizaines de carnets après sa mort. Moïse et lui n'avaient pas eu d'enfants. D'ailleurs, dans les générations qui leur avaient succédé, qui s'intéressait encore aux journaux littéraires ?

La plupart des enfants du troisième millénaire n'avaient que mépris sinon indifférence pour les livres. Antoine en arrivait même à redouter qu'un jour un quelconque pouvoir n'interdise leur publication pour incitation à la libre-pensée. Déjà, les agents de la nouvelle morale fouinaient dans les écrits pour y dénoncer les traces d'ironie ou de singularité et vilipendaient leurs auteurs.

Ici comme ailleurs, l'enfer était pavé de bonnes intentions.

Le garçon brisa sa réflexion en déposant son café sur la table avec une brutalité mêlée d'hostilité gratuite. Pour finir, il l'accompagna d'un minuscule verre d'eau à peine en mesure d'étancher la soif d'un chihuahua. Bien qu'il en ait l'habitude, cette malveillance irrita Antoine. En matière d'eau, les cafés parisiens étaient d'une pingrerie qu'il n'avait jamais pu s'expliquer.

Tout en commençant à gribouiller quelques notes, il s'imprégna des conversations multiples, ponctuées d'éclats de rire. Celles-ci, mêlées aux bruits familiers et réconfortants de percolateurs et de vaisselle, donnaient au lieu une couleur sonore à la fois vibrionnante et intime. Il se sentit profondément heureux d'être là. Pour être sûr de ne rien manquer du moment et d'ajouter à la joie de cette musique une image, il se pressa de relever la tête. Devant lui, tout au fond, ses yeux furent happés par une bulle de lumière si puissante qu'elle lui parut irréelle. Il mit un temps à réaliser que sa vision avait percé les vitres du café pour atterrir sur la terrasse, où régnait une ambiance radicalement opposée à celle dans laquelle il baignait. Là se jouait un autre film et d'autres enjeux sur lesquels il pouvait garder un œil sans y prendre part.

Mais soudain, la silhouette chic et sombre d'une femme se posta devant lui, obstruant du même coup sa vision. Il releva la tête. Elle avait des cheveux longs et des yeux noirs qui faisaient ressortir son teint d'albâtre. Il fit le point sur ses lèvres dont le rouge à lèvres très vif s'infiltrait pernicieusement dans les ridules autour. En une seconde, il dressa son portrait. Il imagina qu'elle était une intellectuelle, ou une femme qui voulait s'en donner les airs pour mieux seoir au quartier.

— Je peux m'installer là ? Il n'y a plus la moindre place nulle part..., dit-elle en hoquetant un rire faussement gêné.

Là, c'était en face de lui. De quel droit se pensait-elle en mesure d'interrompre sa contemplation ? C'était exactement tout ce qu'il détestait dans l'air du temps, cette propension à partager les espaces et à fraterniser, de fait. Lui ne vivait que pour les affinités électives.

— Non. Je suis désolé…, répondit-il poliment.

Cette fois, la femme s'avéra réellement décontenancée par son refus. D'instinct, elle se retourna à droite et à gauche pour prendre ses voisins de table à témoin.

— Ah bon ? Mais pourquoi ? insista-t-elle, les yeux écarquillés d'offense.

En une seconde, il venait de se transformer en véritable monstre. Il savait qu'il n'avait pas à se justifier mais il le fit quand même.

— Pourquoi ? Parce que je n'ai pas envie de vous avoir en face de moi. J'ai envie d'être seul. Voilà pourquoi ! C'est interdit ? l'interrogea-t-il en lui adressant ce sourire d'une ironie féroce dans l'art duquel il était passé maître.

Il y eut ce moment de silence pendant lequel elle et lui se jaugèrent, tous deux retranchés dans des camps bien définis par elle, à savoir celui du bien et du mal. Il entendit que ses deux voisins de la table de droite gloussaient dans leur barbe. Cela le conforta dans son attitude, quitte à se montrer plus mufle qu'il ne l'aurait souhaité.

— Pouvez-vous vous écarter, s'il vous plaît ? Vous gênez mon champ de vision et donc ma rêverie…

— Mais vous êtes un vrai connard, vous ! rétorqua-t-elle.

Son visage pâle s'empourpra de colère.

— C'est une question ou un constat ? persifla-t-il. Dans les deux cas, la réponse est oui.

Restés attentifs à la suite de la conversation, les deux hommes redoublèrent de rires. Se sentant une deuxième fois humiliée par leur manque de soutien, la femme tourna ses hauts talons et se dirigea vers la sortie d'un pas preste. Tous trois la suivirent du regard. Passant rue des Canettes, elle profita de la grande vitre pour adresser à Antoine un double doigt d'honneur qui lui fit perdre un peu de son élégance.

— Merci pour ce moment, le gratifia l'un des deux hommes.

Un léger voile d'hilarité nappait encore son visage. Le hasard faisait bien les choses. Antoine reconnut un écrivain plus estimé que célèbre mais dont il connaissait assez bien le travail. Admirateur et exégète de Céline, il jubilait de sa propre posture pariatique. Après avoir publié quelques romans, il ne se consacrait plus qu'à l'écriture de ses journaux où sa langue aiguisée donnait parfois dans le pamphlet. L'homme qui l'accompagnait était aussi un écrivain-journaliste qu'on classait à droite et dont l'ironie faisait la joie des lecteurs de l'hebdomadaire pour lequel il écrivait des chroniques enlevées.

Les deux hommes portaient très haut la littérature. Pourtant, ils n'avaient pas atteint ce point de reconnaissance où chacun d'eux pouvait se dire qu'il resterait comme on dit « dans l'histoire ».

Forcément, ils ignoraient qu'Antoine les avait lus et qu'avec eux, il partageait une batterie d'auteurs et de lieux précieux. Plus jeune, il aurait sans doute engagé la conversion sur leur panthéon commun. Il s'était souvent plaint à ce même hasard de ne pas rencontrer un interlocuteur avec lequel il pourrait discuter de ce qui continuait de constituer la colonne vertébrale de son existence : la littérature.

Depuis que Moïse et lui avaient cessé de voir Zac, Antoine n'avait pu le remplacer. Mais le temps avait filé et il s'était résolu à n'entretenir cette conversation rêvée qu'avec lui-même.

Il ne chercha pas à leur signifier son goût pour leur travail et se contenta de les remercier avant de se replonger dans l'écriture de ses notes. Mais de nouveau, on l'interrompit. Cette fois, ça venait de la table de gauche.

— Toujours aussi sympathique, je vois…

Antoine n'eut pas besoin de tourner la tête vers son autre voisin, parce qu'il connaissait cette voix d'homme aux intonations enfantines par cœur.

— C'est pas vrai ! Je pensais à toi à l'instant ! dit-il avec stupéfaction avant de se retourner vers Zac qui lui souriait en gonflant ses joues.

Encore incrédule, Antoine le dévisagea comme pour s'assurer que c'était bien lui. Vérification faite, il ne put s'empêcher de s'en sentir remué. Mais il fuyait le pathos comme la peste et fit en sorte d'offrir à Zac une mine sereine.

— Tu n'es pas très observateur, j'étais déjà là quand tu es arrivé... Ça fait combien de temps qu'on ne s'est pas vus ?

Zac avait un léger vibrato dans la voix.

— Je ne sais pas... Pas grand-chose... Une vingtaine d'années...

— Je vois que je t'ai manqué, ça fait plaisir..., releva Zac avec la même petite moue mutine qu'il lui avait toujours connue.

Les visages vieillissent et l'âme rajeunit, pensa Antoine.

— Tu ne sais pas à quel point...

S'attendant à cette réponse et heureux de retrouver son ami tel qu'en lui-même, Zac éclata de rire et le jaugea par en dessous.

Cela avait l'air d'un sarcasme mais ce n'en était pas un. La présence de Zac dans sa vie et dans celle de Moïse lui avait longtemps manqué. Leur séparation avait été plus douloureuse qu'une rupture amoureuse. Et puis il s'était fait à l'idée de son effacement définitif comme on se résigne à certaines morts.

Gêné par l'intensité du regard qu'ils échangeaient, Antoine posa les yeux sur la table où était posé un scénario ouvert. C'était par le cinéma qu'ils s'étaient fâchés. L'ambition mal placée d'un trio de dilettantes. Cela constituait une base de scénario en soi.

— Toi non plus, tu ne lâches rien…, constata Antoine en désignant l'épais script dont les pages étaient reliées par un boudin noir.

Aussitôt, lui revinrent en mémoire toutes les heures passées dans le quartier de l'Horloge où Moïse, Zac et lui imprimaient leurs scénarii pour les distribuer à des producteurs qui s'en servaient ensuite pour y poser leur tasse de thé. Ils dépensaient dans les boîtes à copies des sommes considérables. Mais voir leur histoire imprimée maintenait chez eux l'espoir à la fois vague et vital de la voir un jour mise en images. Cet espoir n'avait pas de prix.

— Comme tu vois, acquiesça-t-il, l'air embarrassé.

D'une certaine façon, Zac était conscient d'avoir été pris sur le fait d'un rêve inachevé. Plus de vingt ans les reliaient à ce souvenir et depuis, Antoine n'avait jamais entendu parler d'une œuvre écrite ou réalisée par Zac. C'était toujours le problème que posait le fait de revoir un ami de jeunesse avec lequel on avait tant fantasmé. On se retrouvait vite à l'étape du bilan.

Qu'avaient-ils fait de leurs rêves ? Les avaient-ils trahis ? Et si oui, pourquoi ? La société les avait-elle poussés à se renier ou avaient-ils eu peur de leurs choix trop radicaux ? Chacun des trois amis avait failli sur pas mal de points, mais d'une certaine façon, ils avaient tenu ferme leur couronne.

Antoine avait renoncé à devenir « quelqu'un » pour rester lui-même. Nul ne pouvait imaginer à quel point c'était risqué et la difficulté qu'il y avait à exister dans ce monde lorsqu'on avait pour seule ambition de vivre un jour après l'autre au plus près de ses désirs.

Dans des moments de creux, Antoine se disait qu'il aurait bien aimé changer certaines des prétentions qu'il nourrissait à l'époque. Si Zac les avait poussés, Moïse et lui, sur la voie du cinéma, tous deux désiraient ardemment devenir écrivains.

— C'est bien, ça…, lâcha Antoine, à défaut d'autre chose.

— C'est bien ça quoi ? reprit sèchement Zac.

Sa réaction surprit Antoine. La dernière fois qu'il lui avait parlé, Zac se noyait au cœur d'un paradoxe où son ambition boursouflée le disputait à son inaltérable indécision. C'était même son inaptitude à choisir son camp qui avait fini de les séparer. Zac s'était inscrit dans une quête dont il feignait de chercher l'achèvement. Mais lorsque les événements avaient pris une tournure trop concrète, il s'était déboulonné, devenant l'obscur pitre de ses résolutions les plus intimes. Qu'il les ait entraînés dans sa folle névrose si longtemps, conscient de l'impasse où il les menait, les avait profondément blessés l'un et l'autre. Mais voilà que contre toute attente, Antoine remarquait une aigreur inédite chez Zac, qui avait sans doute perçu un soupçon de condescendance dans le ton de sa voix.

— C'est bien, tu continues les conneries…, précisa-t-il en déclenchant un rire mécanique. Ça prouve que tu n'as pas trop changé.

Cette dernière phrase détendit Zac.

— Je ne suis pas sûr que ce soit un compliment…, conclut-il. Tu veux boire un verre ? C'est pour moi.

Il fixait Antoine de ses yeux gris, d'une opacité troublante. Zac avait été très amoureux de lui ou, du moins, avait feint de l'être. Avec lui, ça revenait toujours au même. Cela lui conférait une posture tragique qu'il jugeait éminemment romanesque. Comme s'il privilégiait les histoires qu'il se racontait au détriment de celles qu'il pouvait éventuellement vivre. Il avait très mal pris le fait que Moïse et lui se mettent ensemble. Il s'en était senti humilié et trahi. Et que le tournage de leur long-métrage ait très vite versé dans un fiasco aux accents guignolesques n'était pas étranger à sa rancœur. D'ailleurs, même aujourd'hui, Antoine trouvait bizarre que Zac n'ait toujours pas évoqué celle dont il avait été si proche.

— Je ne sais pas trop… J'avais prévu d'aller flâner au Luxembourg…

Sur le moment, Antoine eut du mal à s'expliquer la raison pour laquelle il refusait l'offre de Zac. Il se dit que ses tripes parlaient à son insu. Il y avait chez lui ce rejet de toute nostalgie et l'idée que tout ce qui vivait en ce monde ne pouvait mourir qu'une fois. Le seul destin qui s'offrirait désormais à eux serait d'incarner les mauvais comédiens de leur propre biopic comme de leurs premiers élans.

— OK, comme tu veux…, dit Zac, déçu qu'Antoine ne veuille prolonger leurs retrouvailles ne serait-ce que le temps d'une après-midi.

Antoine rangea son stylo et son carnet dans sa poche, fit claquer quelques pièces sur la table puis écarta celle-ci pour se frayer un passage. Il se retourna vers Zac qui le toisait en contre-plongée d'un regard mâtiné de reproche. Il reconnaissait bien là le personnage qui avait toujours eu coutume de vous prendre par les sentiments afin de vous mener là où vous refusiez d'aller. L'espace de ce bref instantané, Antoine le trouva vieilli. Son attitude larmoyante lui évoquait un homme d'âge mûr abandonné par son jeune amant cruel et insolent, au détail près qu'Antoine n'était ni jeune ni son amant.

— Désolé, ça tombe mal… À bientôt…, dit-il, coupant court à toute envie de Zac d'insister.

Lorsqu'il franchit le seuil du café, il jeta un œil furtif à l'imposante église et pria sincèrement pour que cette rencontre fût la dernière.

Après avoir traversé la place Saint-Sulpice où de petits garçons blonds, proprets et entièrement vêtus de bleu marine jouaient au football en s'apostrophant fièrement comme des bad boys, il décida d'emprunter la rue Férou. Revoir Zac l'avait remué plus qu'il ne le croyait. Tout compte fait, il s'en voulait de n'avoir pu lui témoigner autre chose qu'une froide et paresseuse ironie.

Il s'arrêta pour souffler face au *Bateau ivre*, dont les vers envoûtants formaient une magnifique fresque murale. La fièvre de Rimbaud était visiblement contagieuse et s'empara de lui. Il eut subitement envie de fuir Paris et son obsession du rendement ;

de larguer les amarres pour voguer vers des rivages où une vie inutile et divine serait reine et vécue comme il se doit. Il rêvait lui aussi « de mer infusée d'astres », « de lichens de soleil » et « des morves d'azur ».

Il franchit la grille du jardin côté rue de Vaugirard et huma l'air serein qui y régnait. Il avait toujours vu le Luxembourg comme un asile feutré. Tous les sons y résonnaient de manière ouatée. Le bruit du sable sous ses pas, les balles de tennis rebondissant sur les courts en quick, et même le rire des enfants, lui avaient toujours donné une sensation de bien-être qu'il ne trouvait nulle part ailleurs.

Lorsqu'il s'engagea dans l'allée qui menait au Sénat, il réalisa que cette fois, les bonnes ondes du jardin ne pouvaient rien pour lui. Le malaise persistait. Combien d'amis aussi chers que Zac avait-il eus ? Il ne pouvait ignorer que les coups bas et les péripéties qui avaient émaillé leur histoire avaient été balayés par le temps. Sur la grève du souvenir, seuls demeuraient les remords et le regret de la perte.

Alors qu'il hésitait sérieusement à rebrousser chemin, Zac surgit comme un diable et lui emboîta le pas. Il avait couru et était hors d'haleine.

— Désolé, mais tu ne te débarrasseras pas de moi si facilement…, lui lança-t-il en plaisantant, avant d'évoquer tout autre chose. Tu sais qu'on marche dans l'allée de la Liberté et que Baudelaire n'est pas loin ?

Il ponctua sa question d'un sourire provocateur. Piquer Antoine sur ses connaissances était une façon de lui signifier qu'il n'avait rien oublié de ses vanités.

Antoine s'arrêta et fit un pas en arrière pour le contempler. Il était toujours aussi maigre mais l'âge et la bière qu'il avait tendance à ingurgiter par litres l'avaient doté d'un ventre énorme. Cette excroissance posée sur ses deux cannes donnait à sa silhouette une allure étrange et amusante.

— Je vous connais, toi et ce jardin, comme ma poche… Je m'attendais à te voir apparaître…, mentit Antoine avant de s'esclaffer avec satisfaction.

Il aurait pu se montrer furieux envers Zac d'oser forcer la porte de son univers clandestin. Il lisait sur son visage toujours aussi marqué par les cicatrices d'acné et dans sa présence tout entière la manifestation de certains aspects irrémédiables de sa vie, des aspects qui donnaient toujours à Antoine un sentiment de piège insupportable. Pourtant son orgueil se taisait. La présence de Zac gorgeait un cœur qu'il croyait asséché d'une jubilation ancienne et disparue depuis des années. Il s'inscrivait à nouveau dans un paysage où sa place n'avait jamais été prise.

Et pour ces deux hommes qui avaient tant aimé échanger sur leurs livres, leurs disques, leurs films de prédilection, accumulant et confrontant d'innombrables listes, retrouver le parfum fugace du passé au Luxembourg était, en cet instant, tout bonnement miraculeux.

Chapitre 2

« Devine qui j'ai rencontré au Café de la Mairie ? »

Moïse venait de recevoir un SMS d'Antoine.

Alors qu'elle faisait face à son ordinateur, enfermée dans son bureau, elle sentit son cœur se serrer d'une émotion confuse. Elle n'avait pas revu Zac depuis des lustres. Pourquoi gardait-il un tel pouvoir sur elle ? Elle n'avait jamais été amoureuse de lui, c'était plutôt le contraire…

Après s'être épris d'Antoine, c'était d'elle que Zac s'était entiché. Dans les deux cas, il savait cet amour impossible et c'est de cette impossibilité-là qu'il était amoureux.

Bien que conscients des mensonges que Zac se faisait à lui-même, Antoine et Moïse s'étaient rapprochés à son insu et longtemps aimés dans la clandestinité pour ne pas le blesser. Et lorsque Zac avait découvert qu'un sous-ensemble s'était formé au sein de leur trio, son âme s'était figée dans une haine froide, une haine qu'il avait pris le parti de taire pour mieux la nourrir. Sous ses yeux dégrisés, le ciel de Nice était devenu triste et pâle.

Après ça, ils étaient restés amis de longues années, à entretenir une ambiguïté malsaine dans laquelle tous trois trouvaient le soupçon d'exaltation qui manquait à leur vie provinciale.

Pourtant, pour au moins deux d'entre eux, la voie semblait toute tracée. Après de brillantes études de journalisme et quelques expériences dans la presse écrite et à la radio, Antoine avait éprouvé les premiers signes d'une nausée croissante. Il s'était vu cloîtré dans le cercueil d'une belle vie bourgeoise dont il connaissait chaque aspect puisque c'était précisément dans ce bain moisi qu'il avait grandi. Il pressentait déjà que les années passeraient vite et que plus tôt encore qu'il ne le pensait, c'en serait fini de l'estimable carrière, de la vie de famille et des petits tourments. Il s'était mis à devenir maussade, témoin de sa propre exécution.

Dès lors, un sentiment de rejet viscéral pour cet avenir auquel il semblait irrémédiablement destiné germa et grandit en lui. Mais son univers craqua avant qu'il n'ait le temps de se le signifier. Derrière ses sourires fabriqués, sa sensibilité en avait pris plein la figure. Tout son être s'écroula. Pendant quelques mois, affronter la vie le terrorisa. Dès qu'il mettait un pied à l'extérieur, il se sentait cloisonné, enfermé dehors. Les quatre murs de sa petite chambre lui offraient infiniment plus de perspectives, et d'abord celle de la grande aventure de l'immobilité. Il restait seul, ne pouvant supporter un autre dialogue que celui qu'il entretenait avec ses auteurs de prédilection. Et puis, un jour, la rencontre de Byron le percuta de plein fouet. Il n'était pas malade. Il désirait simplement vivre en héros. Héros de sa propre vie.

Ils devaient être quelques-uns à sillonner le monde dans l'espoir d'y croiser le regard qui les sauverait de l'esseulement dans lequel leurs partis pris les plongeaient. Un regard d'où émaneraient les effluves de tant de rêves anciens et de prémonitions communes.

Sa renaissance produisit l'effet d'un véritable scandale dans sa famille. Son père, dont il avait toujours fait la fierté, apparentait son choix à un caprice d'enfant gâté. C'était intolérable. Mais Antoine n'était plus le même homme. Ce dangereux voyage en lui-même avait étouffé toute trace de culpabilité à n'être que ce qu'il était. Contre toute attente, cette première chute l'avait extirpé de l'enfer. Il ne laisserait plus jamais ses fondements vaciller sous le poids des pressions diverses.

Zac vivait une tout autre situation. Il avait quelques années de plus qu'eux et avait déjà vécu à Paris où il disait avoir travaillé pour *Les Cahiers du cinéma* – période Serge Daney – et réalisé deux courts-métrages qu'il n'avait montrés ni à l'un ni à l'autre. Il était redescendu à Nice pour vivre chez papa-maman et se donner tout le loisir d'écrire un long-métrage sans avoir à travailler pour se nourrir. Ses parents à lui ne voyaient aucune objection à ses choix. Ils s'étaient depuis longtemps résolus à ignorer la nature facétieuse de leurs deux fils dont ils acceptaient la folie douce.

Le retour inopiné de Zac dans leur vie, même de manière lointaine, avait plongé Moïse dans la torpeur du souvenir. L'écran de son ordinateur demeurait ouvert face à elle, lui opposant cette irréductible page blanche qui la tenait en joue. Antoine était parti depuis trois heures au moins, et elle n'avait toujours pas écrit la moindre syllabe.

Le coup de téléphone de Julien la sauva de l'angoisse qui commençait à grignoter ses tripes.

— Salut, ça va ? J'te dérange pas ?

— Non, vas-y… Que se passe-t-il ?

— Rien…, répondit-il, semblant hésiter à poursuivre. Pourquoi t'es partie, hier ? J'ai dit un truc qu'il fallait pas ?

Le ton de sa voix avait des accents pénitents qui touchèrent Moïse. C'était sa façon à lui de lui rappeler qu'il tenait à elle. Sa nature un brin autiste ne lui permettait pas d'exprimer son attachement aux gens autrement que par d'obscures circonlocutions qu'avec le temps elle avait appris à déchiffrer. De son côté, elle s'en voulait d'avoir eu un jugement aussi dur et partial au sujet d'un ami qu'elle prétendait aimer. Mais elle était comme ça, elle pouvait se montrer hargneuse et vindicative, comme si le diable s'emparait subitement d'elle. Si une part d'elle n'appréciait pas que Julien ait autant de succès, ce n'était pas par jalousie, mais parce que sa réussite le propulsait loin de l'être qu'elle avait connu. Soudain, elle se sentit triste et se demanda si cette tristesse était due à l'hypothèse qu'elle ne soit qu'une simple salope égoïste, ou à l'éclatante évidence qu'elle l'était pour de vrai.

— Mais non, rien à voir avec toi. J'ai fait un mauvais trip, je crois. La fille des années 80 dans toute sa splendeur… N'oublie pas qu'à quatorze ans, j'ai avalé quarante aspros sur le premier album des Smiths et que je ne peux même pas me vanter d'être tombée dans les pommes…

Soulagé, Julien se mit à rire. Elle pouvait reconnaître son rire entre tous parce qu'il ne sortait jamais par éclats mais par borborygmes. Mouainheinhein-heinhein…

— Bon, t'es sûre alors ? insista-t-il après avoir laissé planer quelques secondes de silence.

— Mais oui, si j'te le dis…

En raccrochant, elle lorgna le grand amour de sa vie, son lit. Il était tout près de son bureau et lui offrait sa couche réconfortante. Après avoir hésité une bonne seconde, elle alla s'y allonger et se mit à fixer le plafond.

Et elle, qui était-elle lorsqu'elle avait rencontré Zac et Antoine ? Désobéissante, indolente, inconséquente, éprise de nuit et de divertissements, elle n'avait rien du profil de la future winneuse. D'ailleurs, elle avait rapidement interrompu des études de lettres qu'elle poursuivait en touriste. Comme ses amis, elle aspirait à une vie singulière mais ignorait tout des contours que celle-ci pouvait prendre. Elle avait beau forer sa mémoire, elle n'avait pas le moindre souvenir d'une seule scène où ses parents s'étaient plaints de son manque de sérieux. Le fait est qu'ils avaient l'habitude de sa paresse et de son inconstance. Ce dont elle se souvenait de manière certaine, c'était qu'au cœur de ce vain océan qu'était sa vie à vingt ans, elle s'entêtait à poursuivre cette vision d'elle en écrivain, une vision parfaitement identique à celle qui s'était révélée à elle lorsqu'elle avait lu *L'Attrape-cœurs* quelques années plus tôt. La fiction avait créé une promiscuité miraculeuse entre Holden Caulfield et l'enfant perdue qu'elle n'avait jamais cessé d'être. Sa voix, ses questionnements, sa douleur étaient les siennes. Alors, c'était ça, la littérature ? Une connivence ininterrompue avec des auteurs qui n'avaient pas besoin d'être là pour être proches ? La messe était dite. Elle garda pour elle le plus authentique et le plus vibrant de ses désirs. Si elle ne s'en croyait pas légitime, il y avait fort à parier que son entourage partageât son opinion.

Par-delà leur goût pour la littérature, le cinéma d'auteur, leur passion pour la pop indé anglaise, et toutes ces choses qui nourrissaient les heures passées au café ou les nuits dans les bars, c'était bel et bien leur posture d'outsiders au sein de leur propre famille qui avait réuni Antoine, Moïse et Zac.

Chapitre 3

Elle l'attendait sur le boulevard Saint-Michel, à la sortie de chez Gibert, tout au bord de la chaussée. Effrayée par l'imminence de leurs retrouvailles, elle avait fait en sorte de se tenir le plus loin possible de l'entrée.

À travers la porte vitrée, Zac ne vit qu'elle parmi la foule composée d'étudiants et de travailleurs qui, à cette heure tardive de l'après-midi, inondaient l'air et le trottoir d'une cacophonie vivifiante.

Par une obscure coquetterie dont il était l'unique complice, il fit semblant de ne pas l'avoir vue, puis, s'armant de bravoure, il se décida enfin à sortir de la librairie. Une fois qu'il eut franchi le pas de la porte, il s'arrêta pour allumer une cigarette censée lui donner une contenance.

Moïse l'aperçut alors qu'il était en train de recracher la fumée. À l'abri des volutes, il la fixait avec ce sourire malicieux qui donnait l'impression qu'ils s'étaient quittés la veille. De son côté, elle détourna timidement les yeux. Mais la perception infinitésimale qu'elle venait d'avoir avait suffi à lui faire prendre conscience des années écoulées et de leur vieillissement mutuel.

Elle avait toujours repensé à Zac tel qu'elle l'avait quitté et ne s'était pas préparée à le retrouver changé. Ne pas revoir les gens qu'on a aimés ou admirés au cours de notre jeunesse est une chance qui revient à les garder intacts dans notre mémoire. C'était l'un des rares avantages à devoir intégrer le fameux « club des 27 ». Les fans d'Amy Winehouse, de Jim Morrison ou de Kurt Cobain ne verraient jamais leur peau se flétrir, ni leur mal de vivre devenir une simple pose.

Cependant, l'appréhension de retrouver Zac avait envahi le corps de Moïse d'une électricité si puissante que le regret d'avoir rompu le charme du souvenir s'en trouva immédiatement neutralisé.

Le cœur battant la chamade, elle le vit s'avancer vers elle d'un pas souple et tranquille. Un temps suffisant pour qu'elle remarque que ses traits vieillis n'avaient rien ôté à son air de jeune con insolent. Ce simple constat la bouleversa. Les quelques secondes qu'ils passèrent à se dévisager en silence lui semblèrent une éternité. Elle se demanda combien de fois encore dans sa vie, s'ils devaient être séparés par des segments de temps, elle aurait l'occasion de trouver Zac différent.

Par pudeur, ils s'épargnèrent les accolades de circonstance. Ce fut elle qui rompit le silence en premier.

— Alors comme ça t'es encore vivant…

Sa voix tressautait.

— Faut croire..., marmonna-t-il en écartant les bras, la cigarette coincée entre ses lèvres. T'es déçue ?

— Ché pas... Faut voir...

Elle se mit à rire. Elle minaudait malgré elle et sentit qu'elle rougissait. Sur l'instant, elle se détesta.

Le ciel de Paris était devenu gris.

Soudain, il releva son blouson et sortit un livre de poche coincé entre son ventre et sa ceinture.

— Tiens, c'est pour toi ! dit-il en lui tendant le *Journal du voleur* de Genet.

— T'as enfin écrit ton autobiographie ? lança-t-elle en s'emparant du livre. Je l'aurais plutôt appelée *Journal du piètre voleur*, mais ce n'est que mon avis...

— Je vois que tu n'as rien perdu de ton humour, rétorqua Zac tout en lui concédant d'un regard amusé qu'elle n'avait pas tort.

À une certaine période de leur vie, Moïse et lui avaient pour loisir favori de traîner à la Fnac ou dans les rayons des grandes enseignes pour y voler les livres et les disques qu'ils ne pouvaient s'offrir. Elle ne comptait plus les fois où, par son absence de vigilance, ils avaient failli se faire choper et les autres nombreuses fois où ils s'étaient réellement fait choper. Un autre moment de silence embarrassé s'insinua entre eux. Moïse le rompit rapidement.

— Où est Antoine ? demanda-t-elle en le cherchant parmi la foule. Tu l'as déjà fait fuir ?

— Il a essayé de m'échapper mais je l'en ai empêché, tu me connais ! Vous avez bien résisté au temps, tous les deux…, lâcha-t-il avec ce fameux rictus de son cru qui oscillait entre le sarcasme et l'aigreur. Ça fait combien d'années que vous êtes ensemble, déjà ?

Moïse réalisa que malgré les deux décennies passées sans le voir, elle était toujours aussi embarrassée lorsqu'elle devait aborder sa relation avec Antoine devant Zac. Le sentiment inique de l'avoir trahi persistait en elle et sa culpabilité demeurait entière.

— Trente ans et des poussières…, répondit-elle sobrement.

— Quel ennui ! s'exclama-t-il en faisant monter sa voix dans les aigus.

Moïse éclata de rire en signe d'acquiescement. Entendre ce « Quel ennui ! » lui fit un bien immense. Ils avaient pris l'habitude de lancer des « Quel ennui ! » à tout bout de champ et à tout propos, à tel point que ces deux mots étaient devenus le mantra de leur amitié, l'épiphanie du regard ironique que tous trois portaient sur la vie. Ils étaient la promesse d'un éclat de rire, et incarnaient leur position transversale au sein d'une société normée.

— On y va ? Il nous attend.

Il se mit en route. Elle le suivit sans le questionner. Sur le chemin, ils prononcèrent un minimum de mots. Ils parlèrent juste assez pour ne pas laisser revenir le malaise qui les avait saisis en se revoyant. Ils firent quelques mètres sur le boulevard Saint-

Michel puis tournèrent sur le boulevard Saint-Germain pour récupérer la rue de Seine. Lorsqu'ils s'engagèrent rue de Buci, leur périple commença vraiment à prendre des allures de pèlerinage. Ils avaient tant marché ensemble dans Paris que certains quartiers n'avaient quasiment plus aucun secret pour eux. Pour ces férus de littérature, le sixième arrondissement et ses alentours symbolisaient une terre d'asile sur laquelle ils projetaient la nostalgie d'un temps qu'ils n'avaient pas connu.

Zac réapparaissait dans sa vie au moment même où elle commençait à éprouver une secrète lassitude, voire du dégoût pour toutes les choses qu'elle avait passionnément aimées. Moïse, dont l'esprit de superstition grandissait avec l'âge, ne manqua pas d'y voir un signe du destin. Alors qu'ils traversaient le Pont-Neuf d'un pas alerte, elle se dit que le retour inopiné de Zac ne pouvait être autre chose que cette nouvelle porte qu'elle espérait tant voir s'entrouvrir.

Sur l'instant, elle fut tentée d'ignorer à quel point son raisonnement était captieux. À l'instar de ce pont qui était le plus vieux de Paris, sa relation avec Zac était sans doute ce qu'il y avait de moins neuf dans sa vie. Leur histoire était une vieille histoire et elle s'était plutôt mal terminée.

Moïse n'avait que vingt ans lorsqu'elle l'avait rencontré. Il en avait vingt-six et fréquentait assidûment les salles de cinéma depuis l'enfance. Moïse avait également investi une bonne partie de sa jeunesse dans des salles obscures, au détail près qu'elle y projetait ses propres films et que ces derniers étaient rythmés par la musique d'un DJ.

C'était d'ailleurs sur son terrain à elle qu'ils s'étaient aperçus pour la première fois. À l'occasion des fameuses soirées Pyramides qui agitaient tout ce que Nice comptait de noctambules.

En 1990, la house connaissait son apogée mondiale et la soirée Pyramides était l'un de ses temples. Moïse désespérait de ne plus entendre la moindre guitare résonner dans ces lieux qu'elle avait toujours consacrés comme ses uniques paradis. Beaucoup de ses amis avaient fait le choix de surfer sur le tsunami électronique. En refusant de les suivre, elle s'était elle-même ostracisée et se retrouvait, à vingt ans à peine, étrangère au nouveau monde.

Ce soir-là, Zac était ivre. Le DJ venait de lancer le *Everybody's Free* de Rozalla. Un immense hourra exultant du dancefloor extasié avait fusé vers le plafond et envahi la boîte. Assise sur les marches de l'entrée, Moïse marmonnait dans sa barbe qu'elle haïssait cette bande de niaiseux esclaves, tous prêts à célébrer la liberté qu'ils étaient incapables de s'accorder.

Observant à la dérobée son air boudeur, il avait trouvé amusant d'en rajouter une couche en allant s'affaler sur elle.

— Mais ça va pas ! T'es taré, mon pauvre ! s'était-elle exclamée en essayant de se dégager de son emprise.

— C'est bien dit mais parfaitement inutile...

Au lieu de se confondre en excuses, il avait ricané grassement et l'avait taquinée en lui suggérant de s'adonner davantage aux joies du sexe. De sa colère sourde avait fusé une admiration pour la provocation lourdingue d'un être dont tout indiquait le raffinement.

Avec sa peau ravagée par les stigmates d'une acné féroce et son nez en patate, elle l'avait trouvé terriblement laid mais foutrement amusant et d'un indicible charme.

En désirant la choquer, il l'avait séduite. Elle s'était prêtée au jeu. Et, comble de magie, ils avaient réalisé – après qu'il eut enfin daigné se relever, la soulageant à la fois de son poids et de son haleine – que tous deux portaient un tee-shirt des Smiths. Dans ce genre de contexte où les fêtards ne vivaient que pour la dance et l'ecstasy, ce choix vestimentaire s'avérait plutôt courageux. Plus que jamais, les fans des Smiths, les purs et durs, se reconnaissaient comme des frères faisant partie d'une obscure secte de dépressifs soudainement ringardisés et incompris.

— Ça va, sinon ? Comment vont tes parents ? reprit-il soudain.

— Mon père est mort. Je n'ai plus que ma mère…

Durant toutes ces années, tant d'événements avaient jalonné leur existence qu'ils ne pourraient sans doute n'en restituer que de vagues fragments, comme certaines chaînes d'information faisaient défiler des bandeaux où le meurtre d'un enfant était mis sur le même plan que la défaite d'une équipe de foot.

— Ah mince… Je ne savais pas…

— Ça ne fait rien, tu pouvais pas deviner…, dit-elle en esquissant un faible sourire.

Pour la première fois, ils consentaient à se montrer fragiles l'un devant l'autre et à ne plus se réfugier derrière des traits d'humour qui leur étaient trop naturels pour rayonner.

Ils finirent par atteindre les Halles. On avait beau dire, le quartier restait le cœur de Paris, et l'un de ses spots les plus créatifs. Moïse comprit qu'Antoine les attendait au Père Tranquille. Ils n'y étaient plus jamais retournés sans Zac.

Des gens issus de tous milieux et de toutes origines s'y croisaient en permanence, donnant un aperçu assez précis de l'évolution des mœurs, de la mode et de la société tout entière. S'asseoir à une terrasse de café pour les observer passer était divertissant, voire inspirant. Il se dégageait une telle énergie de ce va-et-vient constant qu'il était difficile de se désintéresser du spectacle.

Ils traversèrent la canopée du nouveau Forum et se retrouvèrent devant chez Fernand. De loin, elle aperçut Antoine à la terrasse du Père Tranquille. Il avait un air très concentré et se murmurait des réflexions à lui-même. Elle détestait le surprendre en train de parler tout seul. Ajoutée à son regard fixe et perçant de Slave, cette mauvaise habitude lui donnait des airs de démence dostoïevskienne qui lui faisaient peur.

Alors qu'ils marchaient dans sa direction, Zac posa subitement sa main sur son bras pour l'arrêter. Il se tourna vers elle et lui offrit un visage brisé par la peine.

— Mon père est mort aussi, articula-t-il, les larmes aux yeux. Tout le monde disparaît, la vie est atroce. Si nous vivons trop longtemps, on restera seuls et désorientés dans un monde qui nous sera totalement étranger !

Entre chacun des mots qu'il venait de prononcer, elle avait entendu siffler le son aigu des tempêtes qui s'étaient déchaînées sur sa vie. Elle avait entendu l'abandon, le chagrin, les désillusions, la solitude.

— Je sais… Je suis désolée, Zac…

Chapitre 4

Leurs nouveaux débuts à trois furent difficiles. Un bataillon de demis vint en renfort. Il était bien trop tôt pour ouvrir la nuit mais chacun d'eux voyait en son ivresse imminente un moyen de se réapproprier une lointaine amitié.

Idées, références, vannes d'écoliers se mirent à fuser en vrac. Mais par-delà ce débit foutraque planait le désir de chacun d'exprimer une permanence en lui, la permanence d'un « non » qui leur conservait leur grandeur.

C'était leur façon d'affirmer que la vie n'avait pas réussi à tout détruire chez eux. Il leur restait, vissée au cœur comme une artère, cette radicalité de fumistes, ce paradoxe en eux dont ils étaient si fiers et qu'ils avaient continué de tisser en espérant secrètement cette rencontre.

Voilà bien longtemps qu'Antoine n'avait pas vu Moïse laisser éclater une joie aussi fraîche. Retrouver Zac semblait la ramener à elle-même, à un temps antérieur aux coups de griffes dont l'âme ne cicatrise jamais.

À bien y réfléchir, l'existence avait jusque-là été assez clémente avec elle. Ce n'avait pas été facile mais elle avait fini par accéder à son rêve. Durant son long périple vers la publication, il avait découvert chez sa compagne des qualités d'obstination et d'endurance insoupçonnées. Ses quatre livres publiés n'avaient pas vendu des masses mais avaient fait l'objet de critiques assez élogieuses pour l'encourager. Cependant le syndrome de l'imposteur, combiné au rejet d'une certaine esthétique du succès, l'avait empêchée d'enfoncer le clou. Nourrie à la sève de Fante et de Bukowski, elle avait longtemps trouvé à l'échec beaucoup plus de charme qu'à la réussite. À cinquante ans, la situation s'avérait bien différente. Il était probable qu'elle n'osât pas s'avouer combien elle regrettait certains de ses choix, dont l'unique sincérité résidait dans le style qu'elle aimait à se donner. Pour le reste, était-elle consciente des conséquences que ceux-ci auraient des années plus tard ? Antoine était loin d'en être persuadé.

Aujourd'hui, elle enfouissait ses regrets comme des secrets tabous. Au-delà de la fragilité financière dans laquelle ce parti pris la mettait, il y avait la sensation d'un itinéraire inaccompli, d'une œuvre qu'elle avait peut-être négligée par souci de posture et par un snobisme qui consistait à entretenir une désinvolture aux accents fanés. Antoine avait toujours pensé que sa façon de ne pas jouer le jeu répondait plus à un excès de vanité qu'à une vision sincère de la société et de la place qu'elle désirait y avoir. Écrire un seul livre pouvait encore passer pour une fantaisie, mais en écrire plusieurs répondait à la double prétention de dire quelque chose et de devenir quelqu'un.

Après s'y être lui-même essayé, Antoine avait compris qu'il était très difficile voire impossible d'être à la fois dedans et dehors. Il fallait avoir le courage de choisir son camp et d'en payer le prix.

Dérangé par le ton qui montait, il revint à lui. Zac et Moïse étaient en train de s'écharper sur le cas de Morrissey.

— Tu ne peux pas le nier… C'est vraiment devenu un vieux facho ! lança Zac avec un sérieux inapproprié compte tenu du sujet.

— Oh ça va, ne fais pas ta chochotte, il n'a jamais été un philanthrope exemplaire et ça ne t'a jamais trop dérangé… Excuse-moi mais ce nouveau visage de type concerné te va aussi bien qu'une petite nuisette rose…, rétorqua Moïse dont l'air jovial avait muté en grimace colérique.

Exaspéré, Antoine leva les yeux au ciel. S'il n'avait pas si bien connu les deux phénomènes en présence, il aurait attribué cette tension outrée à l'excès d'alcool. Mais pour Moïse comme pour Zac, Morrissey restait un sujet de débat d'une importance capitale qu'ils plaçaient presque au-dessus de toute autre question. Une météorite pouvait bien menacer la Terre d'une explosion imminente, ils trouveraient encore le moyen de se déchirer à son sujet. Antoine n'avait jamais saisi la passion démesurée que le personnage suscitait chez ses fans.

Le ton monta encore d'un cran.

— Ah oui, et pourquoi une nuisette rose, ça ne m'irait pas ? Ça va contre tes principes homophobes, je comprends pas ? On n'a pas le droit de prendre position pour certaines causes ? Le monde n'est pas assez dégueulasse sans que cet abruti y ajoute sa haine ?

Zac n'avait plus l'air de plaisanter. Ses yeux rougis par l'alcool et la cigarette étaient remplis de fiel.

— Moi, homophobe ?! Moi, qu'on a toujours qualifiée de « fille à pédés » ?

— Pff, fille à pédés... Notion totalement dépassée ! Réveille-toi, ma vieille, le monde a évolué ! la tança-t-il durement.

— Non, mais t'es malade ! Qu'est-ce qui te prend ?

Moïse avait l'air totalement décomposée. Elle dodelinait de la tête comme un chien sur la plage arrière d'une voiture.

— Je constate que tu ne penses toujours qu'à ta gueule ! Voilà ce qui me prend !

— Zac, calme-toi..., intervint Antoine. Vous n'allez pas vous disputer à cause de cet abruti ! Ça vous rendait déjà très cons quand vous étiez jeunes mais à votre âge, c'est carrément crépusculaire...

Zac alluma une cigarette d'une main tremblante et tira plusieurs taffes d'affilée en essayant de recouvrer un semblant de calme. Moïse fit de même.

— C'est lui l'abruti…, grommela-t-elle, les mâchoires serrées.

D'un commun et tacite accord, ils laissèrent un moment de silence faire office de pansement. Derrière leur masque fermé, chacun d'eux se réjouissait que leur dispute ait si violemment déchiré le voile de retrouvailles trop polies. Elle confirmait que la conversation pouvait redémarrer là où ils l'avaient interrompue tant d'années plus tôt. Antoine brisa la glace en s'adressant à Zac.

— Et sinon, *marcha ben lou bicou* ?

La question essentielle du bon fonctionnement du sexe de Zac en patois niçois les dérida aussitôt. Ils laissèrent éclater des rires de potaches. Sous ses accents comiques, le choix du langage était judicieux. Il leur rappelait de manière implicite qu'ils venaient du même endroit et qu'ils partageaient encore cette identité commune.

— De nous trois, c'est finalement toi qui restes le plus con, Antoine ! souligna Zac, en prenant son faux air bougon si charmant. Mais pour répondre à ta question, je dirais que tout va bien de ce côté-là… J'ai trouvé mon bonheur à Athènes. Et si tu tiens vraiment à savoir, le choix y est beaucoup plus large qu'à Coco Beach…

Antoine et Moïse parurent surpris et contents.

— Comment ça, à Athènes ? Qu'est-ce que c'est que cette histoire ?! Tu baises avec Platon dans une caverne ?

— De mieux en mieux, lourdeur maximale, dit Zac en levant un pouce de félicitations. Non, en fait je ne vis plus à Paris. Je ne suis là que pour une dizaine de jours. J'habite à Athènes depuis longtemps déjà…

— Ah mais c'est génial, ça ! s'exclama Moïse dont l'enthousiasme inattendu sembla suspect aux deux garçons.

— Tu connais ? lui demanda Zac à mi-voix.

— Non…, avoua-t-elle en rosissant. Mais l'idée me plaît…

— Je te reconnais bien là ! Tu as toujours été très « idées », lui retourna-t-il.

— En tout cas, c'est surprenant… Comment t'as atterri là-bas ? demanda-t-elle en feignant d'ignorer sa remarque désobligeante, puis s'adressant à Antoine : On reprend un verre, non ?

— J'ai suivi un mec dont j'étais amoureux. Au final, on s'est séparés trois mois après mon arrivée. Mais comme ça me plaisait, j'y suis resté. L'histoire classique… Maintenant, faudrait me payer cher pour me faire rentrer à Paris.

— T'inquiète pas pour ça… Personne ne s'est proposé, intervint Antoine, fier de son tacle.

Zac grimaça un sourire.

— Surtout pas toi, hein ? rétorqua-t-il non sans une pointe d'amertume.

— Arrête de l'embêter, t'es chiant ! ordonna sévèrement Moïse à Antoine, avant de se tourner de nouveau vers Zac sans feindre l'intérêt inattendu que sa nouvelle vie avait produit sur elle. Raconte-moi ce qui te plaît tant là-bas ?

— C'est un ensemble… Mais d'abord, la ville, je crois… Pourtant, elle est loin d'être aussi belle que Paris ou que la plupart des capitales d'Europe. C'est ça qui est bien, elle ne la ramène pas…

— Pas comme toi ! lança Antoine à Moïse.

Cette fois c'était elle qu'il taclait. Elle ne releva pas mais le foudroya d'un regard noir qui jurait avec son sourire amusé. Antoine la connaissait assez pour savoir qu'elle jouait avec lui. Leur jeu de duettistes était une mécanique fluide au sein de laquelle il se chargeait de la provoquer et où elle faisait mine de s'en émouvoir.

Antoine montra un verre vide au serveur et dessina un rond au-dessus de la table pour lui signifier qu'il désirait commander une autre tournée.

— Après, les gens… Il y a quelque chose chez eux qu'on ne trouve plus chez nous. L'intuition du *kairos* et l'énergie du « ici et maintenant » qui dépasse de loin les problèmes qu'ils peuvent avoir… Ils gardent une joie chevillée à l'âme, une joie mêlée d'une mélancolie orientale qui semble dire que tout cela passera plus vite qu'on ne le pense, et qu'il est illusoire d'attendre autre chose de la vie que ce qu'elle est… Ce que je vais vous dire vous semblera cliché mais je suis convaincu que c'est sûrement dû à la très longue histoire philosophique de cette terre. Quelque chose de cet ordre doit frayer dans leur sang depuis des millénaires.

— Je n'ai pas vraiment perçu ça chez Nana Mouskouri…

— C'est la foire à la vanne, souligna Zac.

Sous ses airs railleurs, Antoine buvait les paroles de son ami. Il guettait aussi la réaction de Moïse et s'aperçut avec surprise qu'elle avait les larmes aux yeux.

— C'est chouette ce que tu dis… Moi, ce qui me tue, c'est de vivre dans un monde blasé.

— Ne te méprends pas, c'est loin d'être le paradis… Ce que je veux dire, c'est qu'ils ont infiniment plus de respect pour l'idée intrinsèque de la vie que pour l'espoir qu'ils mettent dans la petite existence. Cette joie d'être au monde finit par être contagieuse, conclut-il, le regard concentré. Même sur un type comme moi…

— C'est vrai que ta joie saute aux yeux…, se moqua encore Antoine, puis, voyant que son ironie constante commençait à lasser, il prit un air plus sérieux et poursuivit. Moi, je crois que ta vision est celle d'un touriste qui ne comprend pas vraiment ce qui se passe. C'est toujours mieux d'observer les choses de loin, d'ailleurs.

Le serveur débarrassa les nombreux verres vides sur son plateau et posa les trois demis sur la table ainsi que l'addition qu'il coinça sous le verre de Moïse. Elle s'enquit du prix inscrit sur le ticket et écarquilla les yeux d'effarement. Comprenant que l'addition était salée, ils échangèrent un sourire complice puis entrechoquèrent leur verre.

— Tu as faux sur toute la ligne, reprit Zac. Je le répète, je ne suis pas en train de dresser un portrait idéal. Il y a chez chaque Grec cette pulsion de vie que je viens d'évoquer mais elle coexiste avec un grand sentiment de révolte politique. Depuis la crise, beaucoup d'entre eux ne peuvent plus voir l'Union européenne en peinture… Et je suis largement d'accord avec eux !

— Je ne te savais pas si politisé… Avant tu te foutais du monde comme de ta première chaussette. Et c'est bien dommage que tu aies tourné casaque car c'est ce que j'aimais le plus chez toi…

— Je ne suis pas spécialement politisé, mais tu ne peux pas vivre à Athènes sans te sentir concerné par la vie des gens… Je déteste les valeurs libérales que prône l'Union européenne, la France en tête. Les peuples crèvent et les connards de l'UE légifèrent à l'aveugle ! Un jour, crois-moi, ça va vraiment péter, et ils trouveront encore le moyen de se montrer surpris.

— Eh oh, l'anar, tu commences à me foutre les jetons, intervint Moïse dans un demi-sourire.

Chapitre 5

— C'est vraiment plus de notre âge ces conneries…, lâcha Antoine, hors d'haleine, en contemplant l'enchevêtrement des tubes multicolores du Centre Beaubourg dont la vision n'avait jamais cessé de l'émerveiller. J'ai bien failli crever !

Ils avaient couru comme des dératés et ne s'étaient autorisés à s'arrêter qu'une fois sûrs d'avoir semé un éventuel serveur lancé à leur poursuite. Quand ils eurent recouvré leur respiration, ils échangèrent un regard satisfait et éclatèrent de rire.

Les trois amis ne boudaient pas leur joie de renouer avec une de leurs pratiques séculaires. Pour autant, cette vilaine habitude n'était jamais exempte d'une certaine morale, à savoir qu'ils ne réservaient ce mauvais traitement qu'aux établissements dont les prix leur semblaient déraisonnables.

— Les mauvais réflexes reviennent vite… C'est malin, on ne pourra plus aller boire de verres là-bas, maintenant, dit Moïse, les joues empourprées.

— Pourquoi, tu comptais vraiment y retourner ? De toute façon, je déteste cet endroit, c'était juste pour marquer le coup, déclara Zac avec mépris. Bon qu'est-ce qu'on fait ?

Les trois amis se mirent à marcher sans direction précise mais, bien vite, ils réalisèrent que leurs pas les menaient à l'Enfer. Contrairement à son habitude, le lieu arborait les traits sereins d'une belle endormie. Moïse en fut déçue. Secrètement, elle désirait donner à Zac un fidèle aperçu de son repère. Elle tenait surtout à lui montrer que son évaporation de leur vie ne l'avait pas affadie.

Julien venait d'arriver et s'était posté à sa place, au bout du comptoir. Elle le présenta à Zac en prenant bien soin d'appuyer sur le fait qu'il était l'un de ses amis les plus précieux. Dans un élan puéril, elle avait l'espoir de susciter chez lui un sentiment de jalousie.

— Ah, le fameux Zac ! s'exclama Julien avec une sorte d'admiration injustifiée. J'ai tellement entendu parler de toi !

— En mal, j'espère..., répondit Zac en lui serrant la main.

En guise de réponse, Julien se contenta d'esquisser un sourire. Il balaya le petit groupe de son index.

— Qu'est-ce que tu veux boire ? Qu'est-ce que vous voulez boire ?

— Un demi, merci.

— Moi aussi, dit Antoine.

Moïse était en train de regarder l'écran de son portable pour vérifier l'heure. Elle se sentit rassurée. Il était à peine 19 heures, l'ambiance aurait encore mille fois l'occasion de changer.

— Et toi, Moïse ?

— Pareil, merci.

Matt s'affairait à l'autre bout du comptoir près des tireuses à bière. Lorsqu'il aperçut Antoine et Moïse, son visage s'éclaira d'une affection toute spontanée.

— Ah ça y est, ça va commencer les conneries ! lança-t-il d'une voix rieuse tout en parcourant les quelques mètres qui le séparaient d'eux.

Bloqué par le comptoir, il leur adressa à chacun un rapide baiser de la main puis aperçut Zac qui le reluquait avec timidité.

— C'est qui celui-là ? interrogea-t-il Moïse de manière abrupte.

— Matt, je te présente Zac, un très vieil ami à nous…

— Oh, t'as tellement pas d'amis que t'es obligée de sortir les reliques, dit-il en éclatant d'un rire outré compte tenu du niveau de la plaisanterie.

Zac fit une moue embarrassée. Il ne s'attendait pas à se faire traiter de relique d'emblée même s'il fallait bien avouer qu'il n'était pas loin d'en être une.

— Voilà, t'as tout compris, répondit Moïse, déclenchant elle aussi un rire mécanique.

— Matt, on pourrait avoir trois demis et une pinte, s'il te plaît ? demanda Julien avec précaution.

Matt fit un pas en arrière et les jaugea avec une grimace de perplexité comme s'il était étonné de la requête, qu'ils ne se trouvaient pas dans un bar, que lui-même n'y travaillait pas et… qu'il y avait donc erreur à la fois sur le lieu et sur la personne. Il tendit les bras vers eux et leur offrit ses deux paumes de main dans une attitude de rejet.

— Ah, ne commencez pas à me casser les couilles ! Je ne suis pas du tout disposé…

Zac ne comprit pas pourquoi cette simple phrase déclencha l'hilarité immédiate des trois acolytes.

— Et Matt, moi, je veux ma bière bien fraîche, OK ? L'autre soir, c'était pas terrible… Il doit y avoir un problème de fût, dit-il pour le taquiner.

Il était difficile de percevoir si, sur l'instant, Matt feignait son agacement ou s'il l'éprouvait réellement. Il repartit vers les tireuses à bière d'un pas véloce.

— Putain, Antoine, arrête, parce que je vais te défoncer ! cria-t-il de loin, puis il chargea une jeune serveuse de terminer sa mission.

— Claire n'est pas là ? demanda Moïse à Julien.

— Si si, elle arrive… Elle termine de bosser…

— Cool !

Moïse savait que la présence de Claire était la garantie de réussir une fête. Elles avaient en commun le souci d'appréhender chaque soirée comme si c'était la dernière. Ce postulat exigeait d'elles d'y investir le meilleur d'elles-mêmes.

— Mais je t'avertis, je ne la fais pas tard, ce soir… précisa Julien comme s'il lisait dans ses pensées.

— Oh, t'es chiant ! On a toujours une épée de Damoclès avec toi ! Laisse-toi faire, tu verras bien !

— Non, non, c'est bon là... La coke et tout ça... On n'est que mercredi, on se calme... J'ai des calls toute la journée demain. J'ai pas envie de ressembler à un pitbull.

— OK, OK, acquiesça Moïse, l'air agacé.

— Mais fais ce que tu veux, toi ! Moi, je ne peux plus me permettre de faire ça tout le temps...

— Prends-en de la graine, intervint Antoine.

— Ça va, j'ai compris, les donneurs de leçons !

— Eh oui, on est vieux maintenant... Il serait peut-être temps de ralentir les conneries, non ? Sinon l'un de nous finira par faire une bonne crise cardiaque, conclut-il en plaisantant.

— Eh bien je ne sais pas sur qui ça va tomber en premier mais bon débarras ! intervint Matt.

Un immense sourire lui mangeait le visage.

Zac se tenait à l'écart et suivait la scène de loin. Il buvait son demi assis sur un haut tabouret. En le lorgnant discrètement, Moïse perçut une lueur de surprise balayer son visage lorsqu'il entendit parler de cocaïne. À l'époque où ils se fréquentaient, la drogue n'était pas un sujet. Par chance, Moïse n'avait découvert la cocaïne qu'au milieu de la trentaine, au moment où le prix du gramme avait chuté, démocratisant sa consommation.

— Je t'assure que ça peut t'arriver sans ça..., intervint Zac en dévisageant Julien.

— Pourquoi, t'as fait une crise cardiaque ? Je croyais que t'avais pas de cœur…

Sur l'instant, Antoine se dit que cette plaisanterie était sans doute de mauvais goût mais s'accorda son pardon dans la seconde. Il était comme ça. Le genre de type à se damner pour un bon mot.

Certaines images frappent bien plus que de laborieuses explications. D'un geste rapide et bref, Zac releva son vieux tee-shirt délavé des Charlatans. Tous constatèrent qu'une cicatrice verticale scindait son buste en deux sur une dizaine de centimètres. Dans leur monde où tous les aspects de la vie se devaient d'être traités avec la plus grande légèreté, le naturalisme de Zac fit l'effet d'un choc.

— C'est bon, t'es convaincu ? dit Zac en s'adressant à Antoine.

Zac avait toujours été épris de tragique. Même si la circonstance n'avait pas besoin qu'on en rajoute, il n'avait pas l'air si mécontent de son effet.

— Ah oui… Visiblement, je me suis trompé, il était bien caché…, bredouilla Antoine avec une émotion discrète.

S'ensuit un silence embarrassé. Julien le fuyait du regard. Moïse resta figé, assommée par la vision que lui inspirait ce corps stigmatisé. D'un coup, elle prit conscience que ses considérations sur le club des 27 et le fait de revoir ou non les gens n'étaient que pur bullshit. Le cœur serré, elle pensa qu'elle aurait pu ne jamais revoir Zac et une réalité imparable s'imposa à elle, une réalité qu'elle avait trop tendance à oublier. Un jour tous les liens présents seraient défaits. Rien de ce qui se passait ou de ce qui se disait ici ou ailleurs ne survivrait.

L'impermanence des choses venait de griffer leur légèreté avec la violence d'une bête sauvage. L'étrangeté résidait dans le fait qu'ils ne mettraient pas très longtemps à l'oublier.

— Oh mince, je viens de réaliser qu'on allait tous mourir… Et si on allait fumer dehors pour fêter cette bonne nouvelle ? proposa-t-elle en adoptant un ton volontairement primesautier. Fumer, on peut encore ou pas ?

Elle darda Julien de ses yeux insolents.

— Oui… Et je vais même t'accompagner !

— Je viens avec vous… Ça ne vous dérange pas ?

— Bien sûr, Zac ! Tu reviens de loin, alors maintenant, je te veux tout proche…

— Moi, je reste avec Matt, dit Antoine en feignant de lui faire les yeux doux.

— J'ai toujours eu de la chance…

Toutes les tables de la terrasse étaient maintenant occupées. Moïse reconnut des visages familiers, mais ce qu'elle venait d'apprendre lui avait ôté toute envie de politesse. Elle n'avait pas envie de perdre son temps à faire des mondanités. Pour annuler toute éventualité que quelqu'un vienne les déranger, ils se mirent en rond serré tout au bord du trottoir. Chacun alluma sa propre cigarette et attendit d'avoir recraché sa première bouffée pour se remettre à parler.

— Ça fait drôle de te voir en vrai, reprit Julien, animé de compassion à rebours.

— Ah oui, pourquoi « en vrai » ? T'as lu son premier livre, c'est ça ? le questionna Zac en désignant Moïse d'un mouvement de menton. T'as vu, elle n'y est pas allée de main morte, elle m'a bien assaisonné, hein ?

Moïse rougit. Elle ne s'attendait pas à ce que Zac dégaine les rancœurs si vite et surtout pas après ce qu'il venait de lui annoncer. C'était comme s'il lui envoyait violemment son livre dans la figure. Ils se scrutèrent, pleins d'une intensité chargée de non-dits. Julien intervint pour couper court à toute velléité de règlement de compte.

— Alors rassure-toi, la lecture et moi, ça fait deux ! Je n'ai pas lu la moindre ligne de cette petite peste ! déclara-t-il en la poussant d'un geste affectueux. La supporter me suffit largement…

— Je ne suis pas inquiet, dit Zac en grimaçant. De l'eau a coulé sous les ponts… Mais je t'avoue que sur le moment, ça ne m'a pas fait plaisir.

— Oh, ça va… C'est de la fiction ! Un lecteur chevronné comme toi devrait comprendre ça…, rétorqua Moïse sur la défensive.

— Ah ah, la fiction ! Tu me fais rire ! Vous, les écrivains, vous me faites rigoler… Excuse-moi mais t'es pas allée la chercher très loin ta fiction ! D'ailleurs, j'ai fait mon attaque peu de temps après…

— Mais oui, bien sûr ! Ton petit cœur n'a pas tenu, c'est de ma faute… T'as prévu de me faire un procès en règle ? le questionna-t-elle en le fusillant du regard. Parce que j'en ai d'autres à te retourner, si tu veux…

Zac ouvrit la bouche pour riposter mais l'arrivée tonitruante de Claire l'en empêcha.

— Salut ! dit-elle en embrassant Moïse, puis Julien sur la bouche. Salut chéri, ça va ? Oh putain, j'en peux plus ! C'est l'heure où j'ai trop envie d'un verre…

Elle s'apprêtait à pénétrer dans le bar puis revint en arrière. Tel un animal qui vient d'apercevoir une proie, son regard se fixa sur le visage de l'inconnu, auquel elle offrit l'un de ses sourires exponentiels.

— Salut…, dit-elle d'une voix cajoleuse. Je m'appelle Claire ! Je suis la femme de Julien et l'amie de Moïse…

Tout en plissant les yeux d'un plaisir extrême, elle se pencha sur lui pour l'embrasser et le serra contre elle. Zac ne put faire autrement que de répondre à cette accolade fraternelle qu'il jugeait un peu trop précoce.

— Salut, moi, c'est Zac, une vieille connaissance de Moïse et d'Antoine, répondit-il avec plus de sobriété.

Sans se départir de son sourire, Claire prit un peu de recul pour considérer l'ensemble du personnage. Moïse devinait les pensées de son amie. En modeuse accomplie, elle se disait qu'il avait une allure ridicule avec son jean trop remonté et son vieux tee-shirt des Charlatans. Elle avait sans doute aussi remarqué ses cheveux filasse et sa peau pleine de marques d'acné pour finir par le placer tout en bas de son échelle physique.

— Ah mais oui, Zac ! s'écria-t-elle. T'es le mec avec qui ils ont fait un film ?

— C'est ça, répondit-il en jetant un bref coup d'œil en direction de Moïse, constatant par là même que son visage avait perdu toute solarité. Enfin, un film est un film monté. Nous n'avons pas eu la chance d'aller jusque-là…

Claire nota leur embarras commun et choisit de le dissiper en passant à autre chose.

— En tout cas, on est heureux de pouvoir mettre un visage sur un mythe ! Ça fait bien vingt ans qu'ils nous bassinent avec toi ! Et Zac par-ci, et Zac par-là, ça commençait à m'exciter… Je dois dire que je ne suis pas déçue, persifla-t-elle avant de s'en sentir gênée. Je vais vous en chercher un autre ?

Elle les allégea de leurs verres vides et s'engouffra à l'intérieur du bar.

— Attends, je t'accompagne, dit Julien en lui emboîtant le pas.

À leur corps défendant, Zac et Moïse se retrouvèrent seuls. Ils se sentaient embarrassés par leur première confrontation. Intérieurement, Moïse se préparait déjà à livrer bataille, mais Zac la surprit en lui offrant un visage doux et bienveillant.

— Ils ont l'air sympa, tes amis…

— Ils le sont. Et encore, t'as pas tout vu…

Par le prisme de Zac, elle considérait sa chance. L'Enfer était bien plus qu'un lieu d'étourdissement. Sous couvert de fantaisie et d'ivresse, Julien, Matt et chaque élément de leur petite bande avaient participé à la construction d'un asile qui leur était devenu essentiel. Ils en étaient à la fois les créateurs et les garants. Chacun mesurait combien sa propre existence était ancrée dans celle des autres. Si on comptait en années, elle avait passé beaucoup plus de temps avec eux qu'avec lui. Pourtant, dans le film en Super 8 de sa vie, Zac gardait une place particulière. C'était la force des premières impressions.

— Tu m'as manqué…, dit-elle.

Chapitre 6

La plupart de ses amis était arrivé par vagues, laissant le temps à Zac de faire connaissance avec chacun d'eux. Peu de temps après l'arrivée de Claire, Gabrielle avait débarqué avec Bilal et Maurizio. Tous trois étaient en grande forme. On aurait dit qu'ils s'étaient passé le mot et avaient convenu de donner le meilleur d'eux-mêmes dans l'unique but de lui faire plaisir.

Zac avait longuement discuté avec Bilal de leur passion commune pour la pop indé. Les derniers mots de Moïse avaient épanoui Zac à un point insoupçonné. Il se montrait amical et disert avec tous.

Moïse se sentait comblée, mais son bonheur tourna court lorsqu'elle prit conscience que l'humeur d'Antoine s'était obscurcie. Avec le temps, elle avait appris à reconnaître les marques que portait son visage lorsque les passions tristes s'emparaient soudainement de lui. Il devenait livide, presque transparent, et ses yeux se transformaient en deux flaques d'intranquillité.

Elle se dit qu'ils avaient bu trop tôt et trop vite. Aucun d'eux n'avait coutume de consommer de l'alcool de si bonne heure. Ces derniers temps, elle avait remarqué que le verre de trop le plongeait dans un pessimisme exacerbé. Au plus fort de sa noirceur, il allait parfois jusqu'à l'accuser d'être l'instigatrice de la plupart de ses maux. Bien qu'elle jugeât ses réactions immatures, elle chérissait sa sensibilité à fleur de peau. Accepter d'incarner le réceptacle de ses colères prenait la même valeur qu'accueillir ses mots d'amours. En outre, Antoine consentait à faire de même avec elle. Tous deux portaient les balafres invisibles de leurs regrets. Des regrets immémoriaux, personnels, que leur itinéraire commun reléguait à une place supportable. Mais cette vie furieusement arrosée brouillait parfois les pistes. Elle donnait à leur insatisfaction le visage tronqué des gueules de bois.

Moïse avait la sensation de plus en plus fréquente de gêner l'épanouissement de son compagnon de voyage, d'être ce caillou dans sa chaussure qui l'empêchait d'atteindre une terre d'asile dont il ignorait toute la géographie.

Oisiveté, oisiveté ! Depuis toutes ces années, elle était l'étendard planté sur le sommet de son existence, la colonne vertébrale de son identité. Une identité qui, dans un monde où ne nourrir aucun projet, surtout pas un projet utile, le laissait seul dans ce qui basculait parfois du sentiment ivre du privilégié à un sombre marécage de désœuvrement.

Dans des moments où la compagnie de Sénèque ou de Pessoa ne suffisait pas à étouffer ses doutes, Antoine se disait que cette esthétique qu'il avait érigée en vertu lui avait fait du mal à son insu. Mais cela ne durait qu'un temps, et très vite il se rappelait que sa solitude était le prix à payer pour sa vie singulière.

Alors qu'elle était plongée dans ses pensées, Moïse le vit sortir du bar d'un pas raide. À travers la vitre, elle l'accompagna du regard sur la terrasse et le vit s'asseoir à une table isolée. L'appréhension qu'une dispute pût éclater entre eux gâchait son plaisir d'exposer à Zac le tableau pseudo-idéal de sa vie. Elle sinua au travers des groupes compacts de gens qui campaient sur le trottoir, un verre à la main, et atteignit enfin la dernière table. Antoine gardait ses mâchoires serrées et fixait un point dans le vide.

— Ça ne va pas ? Pourquoi tu restes là tout seul ? demanda-t-elle en prenant un ton précautionneusement doux.

— Parce que je m'ennuie..., articula-t-il, la considérant avec froideur. Les gens m'ennuient. Ils ne parlent que de ce qu'ils font, de leurs projets à la con... Je trouve ça extrêmement vulgaire. La nuit est faite pour rêver... J'en ai marre de cette ville où tout le monde veut gagner on ne sait quoi ! Et pour tout te dire, je me demande ce que je fous là...

— En ce qui me concerne, je ne t'ai pas dit deux mots de la soirée, alors ne t'en prends pas à moi, s'il te plaît...

Même si elle n'avait pas envie d'entamer une discussion à ce sujet, elle convenait qu'Antoine n'avait pas tout à fait tort. La plupart des gens ne savaient plus faire la fête. Ils étaient en constante représentation et veillaient à ne pas trop déraper afin de ne froisser personne. Les ambitions multiples s'étaient substituées aux rêves infinis. La nuit commençait à ressembler au jour et laissait en rade d'amers orphelins.

— Et puis, Zac, là, au milieu, à quoi ça rime ?

— C'est donc ça ! Je te rappelle que c'est toi qui nous l'as ramené ! Je suis très contente de l'avoir avec nous et je n'ai aucun besoin de trouver un sens à sa présence, il est là, c'est tout ! déclara-t-elle en s'asseyant de l'autre côté de la table. Et depuis quand tu cherches un sens aux choses, toi ?

— Je sais pas... Ce n'est pas une question de sens... Je n'ai juste pas envie de retomber dans le piège du trio. Ça me donne une sensation de réchauffé... À notre âge, ça a comme un goût de testament.

— C'est gai...

— Désolé, ce n'est pas contre toi que j'en ai... Parfois, je me sens isolé... J'aimerais que tu sois plus proche de moi. Revoir Zac me rappelle nos débuts, la façon si merveilleuse qu'on avait d'être ensemble, avoua-t-il dans un élan de mélancolie à laquelle elle accordait un crédit total.

Moïse lui offrit sa main. Il la prit et la serra, tentant de réprimer des signes d'émotion trop visibles. Ils se dévorèrent des yeux avec cette expression de confiance et d'amour qu'ont les vieux compagnons de route.

Au même moment, elle aperçut Raphaël, en train de courir vers eux. Il se contorsionnait avec une telle souplesse qu'il ressemblait plus à un invertébré qu'à un être humain. L'arrivée chorégraphique de son ami finit de la dérider.

— Je vous cherchais à l'intérieur et je suis tombé sur ce mec, là, avec un drôle de nom, Rac, Tac, un truc comme ça…

— Zac, il s'appelle Zac, rectifia-t-elle. Et ce n'est un drôle de nom que pour toi.

— Oui, t'as raison. Disons que je suis surmené en ce moment… J'ai tous mes papiers de rentrée à rendre ! dit-il en regardant soudainement dans le vague d'un air habité.

— Hum… La rentrée littéraire d'avril… Tout le monde l'attend avec impatience !

Sous ses airs inconsistants, Raphaël travaillait comme journaliste littéraire pour toutes sortes de magazines très sérieux. Moïse l'avait connu lors d'une interview consacrée à son premier livre. L'entretien s'était déroulé dans un café cosy autour d'un thé. Tous deux avaient rivalisé d'amabilités et de phrases convenues. Mais quelques heures plus tard, les masques étaient bel et bien tombés, révélant deux sauvageons pour qui consentir à prendre un premier verre rimait toujours avec nuit blanche. C'est ainsi qu'ils s'étaient retrouvés vacillant au comptoir d'une boîte des beaux quartiers de Paris dont le principal objectif était de se donner des airs rock'n'roll mais pas trop… Ivres et dissipés, ils s'en étaient rapidement fait virer et blacklister pour toujours.

— Oui, c'est vrai que le concept est bizarre, concéda-t-il avant de tourner son regard vers Antoine dont l'air absorbé l'interpella. Qu'est-ce qu'il a lui, encore ? Il est pas content ?

— Raphaël, un conseil, lâche-moi, ce soir… J'ai vraiment pas envie d'écouter tes conneries de rentrée littéraire et de boulot à terminer ! dit Antoine en le reluquant avec une expression qui tanguait entre la menace et la dérision.

Comme à son habitude, Raphaël décida de faire le contraire des recommandations qu'on lui donnait. Il contourna la table et s'accroupit pour faire face à Antoine.

— Mais qu'est-ce qu'il a mon petit chouchou ? le questionna-t-il avec un air plein d'empathie. Il n'a pas encore pris de schnouf, c'est ça ? Et du coup, le monde lui apparaît tel qu'il est, c'est-à-dire sinistre ? Mais je peux arranger ça dans la minute, moi, si tu veux ! s'exclama-t-il en faisant frétiller son nez d'un air mutin.

Raphaël jouait la caricature mais il avait assez de finesse pour dire aux gens les mots qu'ils avaient envie d'entendre. Dans le cas d'Antoine, ce mot magique n'était pas du tout « schnouf », pour laquelle il avait un très faible penchant mais « sinistre ».

Il était capable d'échanger son sang avec toute personne lui dévoilant son fond cioranesque au détour d'une phrase en apparence légère. Le résultat fut immédiat. D'un seul coup, les traits de son visage se détendirent et il ne put s'empêcher de ricaner.

— Raphaël, je t'aime ! Tu es de loin l'être le plus clairvoyant de cette soirée, de Paris, et sans doute du monde entier !

— Oui, ça, c'est parce que je sais comment acheter tes compliments, lança-t-il en s'esclaffant.

Il se releva et se dirigea vers l'intérieur du bar. Antoine le suivit d'un pas alerte. Moïse souffla de soulagement. Mais en elle stagnait un sentiment de malaise dont elle avait encore du mal à définir la cause.

Chapitre 7

Les bonnes soirées filaient toujours trop vite. Matt sonna l'heure de la fermeture. Pour tous, elle résonna comme une sanction. Contre toute attente, ce fut Antoine et non Moïse qui proposa au groupe de migrer chez eux.

Au propre comme au figuré, Raphaël avait mis le paquet pour qu'il récupère sa bonne humeur, et l'opération avait marché au-delà de toute espérance. Antoine donnait de nouveau le meilleur de lui-même. Il réussissait l'exploit de combiner l'humour potache d'un enfant de huit ans et des remarques d'une précision et d'un raffinement qu'Oscar Wilde aurait presque pu lui envier.

Moïse était heureuse de retrouver ce qu'elle aimait le plus dans sa personnalité. Mais ça continuait de lui faire l'effet d'un faux contact dans un système électrique perturbé. C'était comme si la lumière jaillissait de nouveau de lui mais qu'au moindre geste ou mot inapproprié, elle se remettrait à menacer de s'éteindre.

Pourtant le monde qu'il jugeait avec tant de sévérité quelques heures plus tôt était le même.

Ils achetèrent des bières et des bouteilles de vodka dans une épicerie de nuit et filèrent dans le onzième. Certains y allèrent en taxi, d'autres prirent le risque d'emprunter leur scooter malgré leur état d'ébriété avancé.

Antoine et Moïse vivaient dans un immeuble de la Ville de Paris. C'était un bâtiment imposant dont la façade grise et bombée évoquait la coque d'un bateau sur le devant. À l'arrière, il formait un vaste toboggan relié par deux longues passerelles de métal.

Si l'on comparait leur petit loyer aux prix odieusement colossaux du marché parisien, ils pouvaient légitimement se dire qu'ils avaient de la chance. D'une certaine façon, ce bon plan leur avait permis de vivre leur vie rêvée à l'endroit où il le désirait. Sans lui, Moïse n'aurait peut-être pas été en mesure de tenter l'aventure de la littérature et Antoine d'explorer sa grande vision de la vie oisive. En dépit des apparences, leur choix exigeait d'eux une forme d'ascétisme. Ils s'étaient construit une existence sur mesure où les désirs de consommation dérisoire n'avaient aucune place. Leur seul luxe, c'était le temps. Ces deux êtres qui entrevoyaient toute contrainte comme une mutilation de leur vie n'auraient sans doute pas cheminé si longtemps ensemble au sein d'une existence plus conventionnelle.

Pourtant, ces derniers temps, ils trouvaient Paris moins désirable. À l'exception de sa sainte oisiveté,

Antoine, qui n'avait pas peur de déboulonner ses statues de jeunesse, imaginait souvent quitter cette ville qui l'avait tant fait vibrer. Chaque jour, il affirmait avec plus de véhémence son désir de lui tourner le dos comme on renonce à un grand amour. Là encore, Moïse n'était pas loin d'épouser son jugement. Mais elle ne pouvait supporter l'idée de renier le moindre élément de son panthéon. Elle se disait – à raison – que s'ils quittaient Paris, ils n'y reviendraient plus jamais.

En dehors du vieillissement physique, l'autre problème de l'âge était qu'il réduisait drastiquement le champ des possibles. Désormais, chacun des choix qu'ils feraient risquait d'être irréversible. Et bien qu'elle sentît la nécessité de faire bouger les choses dans sa vie avant qu'elles ne bougent d'elles-mêmes, elle ne pouvait se résoudre à lâcher prise, et cela même sous la pression de ses propres désirs.

Dès qu'il débarqua dans le salon, Zac fonça dans le coin réservé aux vinyles. Quatre énormes piles étaient adossées au mur près de la platine.

— T'es une vraie tueuse de disques, toi ! Tu sais que t'es en train de les assassiner comme ça, il leur faut des bacs ! dit-il en s'accroupissant près des disques.

— Ça fait vingt ans qu'ils sont là et je t'assure qu'ils ne sont pas encore morts…, rétorqua-t-elle en lui donnant une violente tape dans le dos qui manqua de le déséquilibrer.

Il fit tourner son index sur sa tempe pour la traiter de folle. Elle acquiesça puis s'accroupit près de lui. Elle entendait Antoine accueillir leurs amis. Ils arrivèrent par vagues successives. Rires et voix mêlées fusaient dans la grande pièce. Trois fenêtres encadraient la nuit. Même à l'intérieur, elle continuait d'être une invitée de choix.

Moïse se sentait extraite du reste de la soirée, comme enfermée dans une bulle qui entourait le petit espace près de la platine. Partager ce moment avec Zac la propulsait au comble du bonheur. Au-delà de tout, c'était l'amour de groupes comme les Smiths ou les Stone Roses qui les avait reliés. C'était leur écoute assidue qui avait façonné leur esprit, sculpté le regard doux-amer qu'ils portaient sur la vie. A contrario, elle leur avait ôté toute capacité à prendre une place plus reluisante dans le monde. D'une manière générale, les fans d'indie pop passent beaucoup trop de temps à rêvasser devant leur platine en écoutant et en réécoutant leurs albums fétiches pour développer une ambition quelconque. Et c'était sans doute encore elle qui les avait empêchés d'aller au bout d'une entreprise aussi concrète que la réalisation de ce film, et qui les avait séparés. Ils étaient du genre à rester tout au bord du bassin pour avoir le plaisir de contempler les vibrations de l'eau et les mutations de lumière qui serpentent à la surface. Plonger, c'était constater que l'eau était plus froide qu'on ne le pensait et faire mourir ce qu'il y avait de plus naïf et de plus absolu en eux.

Zac passait les vinyles de Moïse en revue et réservait une mimique admirative ou dubitative à chacun, tel un chef d'orchestre s'adressant à un de ses musiciens pour le tancer ou le complimenter d'une œillade.

Découragé par le grand nombre de disques, il s'arrêta sur le *Connection* d'Elastica et le sortit de la pile. Moïse et Zac échangèrent un sourire ému en repensant chacun pour soi mais de manière identique au temps où ils aimaient Elastica. Cette passion démesurée pour ce groupe qui avait traversé l'histoire de la pop comme un feu follet avait une double raison. D'abord, la guitare et la voix étaient vibrantes, fougueuses de jeunesse. L'autre raison était honteusement plus romantique. Justine Frischmann, la leader du groupe, était la petite amie du beau Damon Albarn, le chanteur de Blur. Sans qu'ils osent l'avouer, l'association à la fois sexy et fraîche les faisait rêver. C'était comme si Jane Austen s'était soudainement invitée dans un univers fait d'histoires d'amour impossibles, à l'exception de celle entre un musicien et sa canette de bière.

Zac posa le disque sur la Technics sans âge, puis le saphir sur le disque.

— C'est pas possible ! Tu as toujours cette vieille bécane ? s'exclama-t-il avec stupéfaction.

Le disque crépitait d'usure. C'était un son qu'elle adorait.

— C'est ça, les bonnes marques, ça se maintient, fanfaronna-t-elle sans pouvoir réprimer la mimique de fierté stupide qui illuminait son visage. Regarde, moi…

Cette dernière plaisanterie ne produisit pas l'effet escompté. Les yeux de Zac reprirent leur patine métallique, laissant filtrer des sentiments contradictoires qui n'auguraient rien de favorable pour elle.

Elle ne voulait pas l'entendre. Pas ce soir, se dit-elle. Elle ne permettrait pas qu'il ternisse le tableau. Afin d'empêcher toute querelle, elle se leva d'un bond et se mit à danser devant lui, lui offrant en échange d'une dispute la plus belle démonstration d'*air guitar* que le monde ait connu. Zac n'avait pas l'air de partager son enthousiasme et la reluquait avec défiance. Mais Bilal lui sauva la mise. En entendant Elastica, il se précipita près de la platine. Son verre de vodka tanguait dangereusement vers le sol mais il ne s'en apercevait pas. La moitié du précieux liquide tomba sur la moquette et s'ajouta à toutes les souillures des innombrables fêtes qui avaient précédé celle-ci, au point que Moïse se refusait à troquer ce mausolée des ivresses pour un sol sans histoire.

— Putain, qu'est-ce que j'ai aimé ce morceau ! s'exclama-t-il en rejoignant Moïse pour danser.

Les autres invités étaient regroupés autour de la table basse. Certains étaient assis par terre en tailleur ou posés sur des chaises de fortune, d'autres penchés sur la table pour prendre des traits.

Zac se leva et rejoignit le groupe. Il s'installa près d'Antoine vautré sur le canapé à côté de Gabrielle. Ce qu'il lui murmurait à l'oreille avait l'air de la plonger dans une hilarité inextinguible.

Zac ne chercha pas à se mêler aux conversations. Il préférait s'imprégner du lieu où vivaient les deux êtres avec qui il avait tant partagé. Il prit la mesure du vide que leur éloignement avait creusé dans sa vie et se sentit de nouveau heureux d'être là.

Par miracle, il était parvenu à ravaler la montée de haine que Moïse avait perçue dans ses yeux et qu'elle avait aussitôt dynamitée en mimant ce jeu de guitare qui l'avait toujours fait fondre. Il réalisa combien les sentiments qu'il éprouvait pour elle restaient vivaces.

Dans les vapeurs de fumée et d'alcool qui emplissaient la pièce, il discerna une fille dont il n'avait pas noté la présence à l'Enfer. Elle avait environ trente-cinq ans et semblait s'enorgueillir d'être entièrement nippée de marques tendance.

Zac l'observa avec une attention particulière. Il la trouvait poseuse et jolie. Il aimait sa physionomie boulotte et rafraîchissante qui jurait avec la minceur rébarbative de la plupart des filles qu'il croisait à Athènes ou ailleurs. Ses cheveux noirs de jais, coupés en long carré, mettaient en valeur un teint de porcelaine intact malgré l'heure avancée de la nuit. Il n'avait pas besoin de la connaître pour l'identifier. Elles ressemblaient à certaines de ces filles qu'il avait fréquentées lorsqu'il traînait le soir dans Paris et qui jouaient à la bourgeoise par mimétisme grossier. Il avait toujours éprouvé beaucoup de tendresse pour ces êtres de la nuit dont la seule manière d'être acceptables à leurs propres yeux était de se réinventer des particules illusoires. La plupart s'étaient extirpées d'un milieu social et familial difficile en se forgeant un personnage à l'opposé de celui-ci. Du coup, elles en faisaient toujours un peu trop. Leur seule arme était l'urgence de la débrouille, qu'elles avaient constamment à l'esprit et qui n'autorisait aucun élan de sincérité.

Avec un regard très concentré censé projeter une image hautement intellectuelle, elle s'adressait à un vrai bourgeois, la soixantaine séduisante et d'une élégance remarquable, un brin british. L'homme l'écoutait avec attention, la dévisageant de ses yeux bleus à la surface desquels flottait un constant éclat d'ironie.

Zac se demanda d'où avaient surgi ces deux êtres amusants et si mal assemblés.

Il s'avança sur le bord du canapé et se servit un verre de vodka tout en essayant de choper au vol des bribes de leur conversation. Par miracle, l'homme aux tempes grisonnantes et à la voix extrêmement douce était parvenu à récupérer le crachoir. Zac comprit qu'il évoquait les circonstances de la mort d'Hitler et le fait qu'il avait tué Blondi avant de se suicider.

— Ah bon, il connaissait Blondie ?!

— Non, Blondi c'était sa chienne…

— Pff… de toute façon, Hitler, quel connard, ce mec ! conclut-elle en dodelinant de la tête d'un air sérieusement agacé.

L'homme fut si effaré par l'acuité de cette analyse historique que sa mâchoire se décrocha presque. Par réflexe, il chercha des yeux un témoin qui pourrait éventuellement lui affirmer que ce qu'il venait d'entendre n'était pas le fruit d'un rêve cocasse.

Son regard tomba sur celui de Zac, secrètement complice, et dont l'hilarité silencieuse lui prouva que tout ceci était bien réel. Cet échange ne dura pas car Zac fut happé par Antoine qui venait de s'apercevoir de sa présence à ses côtés. Il se pencha sur lui et lui susurra à l'oreille : « *Under neon loneliness, motorcycle emptiness* », extrait d'un titre presque éponyme des Manic Street Preachers. Ils éclatèrent de rire de concert, sachant très bien ce que ces quelques mots signifiaient pour eux. La gorge serrée par un regain de nostalgie, ils entrechoquèrent leur verre comme pour s'assurer que même si le temps avait passé, que leur visage tirait vers le bas, qu'une page avait été tournée depuis longtemps, certaines visions de leur passé commun demeuraient indestructibles.

Cela libéra chez chacun d'eux des mots précieux. Ils se mirent à parler des images et des sensations passées, cette part des anges qui n'avait jamais cessé de nourrir leur mémoire. Ils réalisèrent avec soulagement que, dans leurs souvenirs, des pans de vie survivraient à toute tentative d'éradication du temps. Pourtant, ils s'avouèrent qu'ils éprouvaient le même sentiment de solitude. Face à la frugalité du présent, certaines de ces visions leur paraissaient encore trop chiches.

Exilés de leur jeunesse, ils se mettaient alors à tourner frénétiquement autour du passé comme des chiens affamés autour d'une gamelle vide. Convoquer le goût des sensations d'avant s'avérait d'une urgence vitale.

Car ils savaient que désormais, pour eux, le présent ne serait plus jamais un lieu fréquentable.

Chapitre 8

Les jours suivants, ils n'entendirent plus parler de Zac. Moïse se mit au travail avec ardeur. À croire que retrouver son vieil ami lui avait donné la force de dépasser sa paralysie et sa peur d'échouer.

D'une façon ou d'une autre, ils étaient tous à une période de leur vie où ils cherchaient à retrouver le fil d'Ariane. Pour elle, écrire était une façon de combler les segments d'absence. La réapparition de Zac lui avait révélé le temps où il n'avait pas été là comme un négatif dans une chambre noire. C'était parce qu'il était de nouveau là qu'il disparaissait à rebours.

Ce phénomène de présence et d'absence était peut-être le seul motif légitime de toute entreprise artistique. Elle n'y avait jamais vraiment pensé en ces termes. Ou plutôt cette idée l'avait effleurée de manière trop légère, anecdotique, privée du poids vertigineux de la perte. Sans doute était-elle trop jeune pour songer à ce qui se dérobe comme à quelque chose d'irréversible. La perte s'imposait maintenant comme l'unique sujet de son livre, mais aussi de sa vie tout entière.

En dépit de son enthousiasme, elle ne pouvait nier que le redémarrage restait difficile. L'ensemble du mécanisme qui la menait vers l'écriture était grippé par une épaisse couche de rouille. Elle réalisa bien vite qu'elle ne savait même plus par quel bout commencer un texte. L'angoisse l'envahit de nouveau. Elle décida d'aller prendre l'air à la fenêtre dans l'espoir de récupérer un semblant de calme.

Elle alluma une cigarette et se mit à observer un groupe d'adolescents qui squattaient le parking Vélib' d'en bas. Ils ne devaient pas avoir plus de quatorze ans. Certains étaient assis sur des vélos et fumaient fièrement mais même du quatrième étage, il était perceptible qu'ils crapotaient. Ceux qui préféraient rester debout chahutaient à grands cris. Tous poursuivaient la même quête de désir. Les corps troublés se cherchaient mais aucun d'eux n'osait vraiment se percuter.

Ce spectacle réjouit tant Moïse qu'il la débarrassa de tout malaise. Elle avait été comme ça, elle aussi. À se sentir trop moche pour avouer à un mec son attirance pour lui. Leurs vélos étaient ses mobylettes. Des noms comme Solex, 103 Peugeot, ER 21 affluèrent dans sa mémoire. Ils furent couronnés par le meilleur de tous, son préféré, le Chappy ! Le Chappy était une petite moto au design charmant de marque Yamaha. Elle était plutôt destinée aux filles. Beaucoup de ses amies l'avaient reçu en cadeau pour leur quatorzième anniversaire. Dans le groupe, elle incarnait l'exception, celle que les uns et les autres se proposaient de « quiller ».

Elle avait insisté pour que ses parents lui en offrent un, mais ils lui avaient opposé un refus catégorique, ne l'estimant pas assez dégourdie pour conduire un quelconque engin. Étrange ou pas, ce Chappy bleu qu'elle n'avait pas eu caracolait en tête de liste de ses regrets les plus profonds. Il la ramenait à une mauvaise réputation, celle d'une incapacité globale qu'elle n'avait jamais essayé de démentir.

Soudain, l'image du premier garçon qu'elle avait embrassé se mêla à ses souvenirs vrombissants. Cette association d'idées ne la surprit pas car Victor était en CAP mécanique. Son père, qui avait réussi à fuir le Portugal et la dictature de Salazar, possédait un garage dans le centre de Nice. Lorsque celui-ci était fermé, ils étaient toute une petite bande à se réunir là-bas pour fumer des clopes et boire de la Marie Brizard.

Victor avait les cheveux très noirs et une peau très blanche ; ses joues s'empourpraient à la moindre émotion. Ses grands yeux verts surmontés de longs cils retroussés lui donnaient un air poétique qu'on avait du mal à retrouver dans ses phrases au vocabulaire assez restreint. Si ses souvenirs étaient exacts, celles-ci oscillaient entre « T'as pas une clope ? » et « Tu veux que je te nettoie la bougie ? »

Malgré de tels atouts, Victor n'était pas vraiment au goût de Moïse. Elle préférait de loin son copain Rudy dont les cheveux blonds de surfer californien et les pupilles bleu Pacifique déclenchaient des spasmes de concupiscence dès qu'il posait ses yeux indifférents sur elle.

Ce qui lui déplaisait le plus en Victor était cette petite moustache naissante qui ornait ses lèvres épaisses et qui promettait de devenir énorme, si l'on s'en tenait à celle qu'arborait son père. En dépit de cette portugophobie qui s'ignorait, elle lui trouvait pourtant une qualité essentielle. Celle-ci se résumait à l'unique fait qu'il était le seul à s'intéresser à elle. Si elle ne voulait pas attendre quinze ans pour rouler sa première pelle, elle devait se contenter de ce que la vie lui offrait.

Et un jour, alors qu'il fumait une clope sur son 103 Peugeot à pot troué et qu'elle se tenait devant lui, il l'attira à lui de ses doigts plein de cambouis et l'embrassa. Ce premier échange lingual la fit immédiatement rentrer dans le vif du sujet. Alors qu'elle était en train de subir une véritable soupe de langues maison, elle réalisa que la vie amoureuse dont elle rêvait tant pouvait s'avérer chaotique.

Elle ressortit de cette étreinte péguante mais satisfaite. À n'en pas douter, la première étape de ce dépucelage buccal lui entrebâillait la porte de la grande aventure qui l'attendait.

Elle éclata de rire puis retourna s'asseoir face à son ordinateur. Elle se sentait beaucoup plus détendue.

Comme les gens qui s'apprêtent à se jeter dans le vide, elle prit une large inspiration et se reconcentra. Une phrase d'Hemingway dans *Paris est une fête* se rappela à son bon souvenir. « Ce qu'il faut, c'est écrire une seule phrase vraie. Écris la phrase la plus vraie que tu connaisses. »

C'était cette vérité-là qu'elle se devait de dénicher. Elle commença à fouiller en elle-même et n'y vit qu'une béance obscure et floue. Comment pouvait-elle espérer faire surgir une phrase vraie d'un tel marécage ?

L'appartement était plongé dans un silence total. Elle jouissait d'une tranquillité parfaite. Elle n'avait donc aucune excuse. Il allait lui falloir affronter la montagne par son flanc le plus abrupt.

Devant la complexité de l'effort, elle se déroba encore en pensant à Zac. Pourquoi n'avait-il plus fait signe ? La soirée s'était si bien passée… Aussitôt, son esprit fut frappé par l'image de ces quinquagénaires prêts à tous les excès pour retrouver dans une agitation confuse la fraîcheur des impulsions d'alors. Ses doigts effleurèrent enfin le clavier.

On ne se remet pas si facilement de sa fureur de vivre. Ils étaient ces funambules de l'ombre contraints d'affronter l'assèchement, le deuil inévitable.

Ils avaient repoussé cette mort aussi loin qu'ils avaient pu. Ils avaient tiré sur l'élastique sans ménager leurs forces, toujours plus avides de sensations. Mais celui-ci avait fini par lâcher, les laissant étourdis par la surprise du mot fin qui s'alignait en transparence sous leurs yeux hagards.

Ils n'avaient pas voulu la voir, la grande agonie de leur jeunesse. Cela faisait un moment déjà qu'ils avaient sauté à pieds joints et à leur corps défendant dans l'ère de la gueule de bois.

Personne n'en parlait. Entre eux, c'était un sujet tabou, un secret de famille. La famille des gens qui avaient tout donné à la nuit et auxquels la nuit reprenait tout.

Tel un océan soumis à une lune capricieuse, elle se retirait et découvrait les cadavres. Ils étaient ces cadavres des marées basses. Les cadavres de leur éternité. Tous allaient devoir apprendre à vivre sans illusion, et plus tellement d'ivresse.

Dans d'autres civilisations que la leur, on célébrait l'inexorable glissement vers l'obscurité et la patine des choses. On continuait d'en goûter l'éclat, et la mélancolie de l'oxydation. Mais eux ignoraient tout de cette esthétique inversée. Dans leur monde, nul ne songeait à se souvenir de la beauté des ruines.

Chapitre 9

Moïse avait repris espoir, et même si elle se méfiait de la nature éphémère de celui-ci, elle était résolue à en jouir au maximum. Ces quelques phrases enregistrées dans son ordinateur n'étaient sans doute qu'un feu de paille mais elles l'avaient mise d'excellente humeur.

Elle décida de s'autoriser le plaisir d'une longue promenade. Ces dernières années, la marche solitaire était devenue une activité essentielle à son existence. Parmi toutes ses addictions, elle était la seule censée avoir un effet bénéfique sur sa santé. Mais de cet aspect prophylactique, elle se souciait assez peu. Ce qui l'attirait le plus dans la marche, c'est qu'elle avait le pouvoir de lui offrir la sensation de réunir des contrées éloignées en elle. En se perdant dans les villes, elle retrouvait le fil de sa vie.

Elle enfila un jean, un tee-shirt blanc et ce teddy qu'Antoine lui avait offert il y a longtemps et qui s'était d'office imposé comme sa seconde peau. Elle considérait ce petit blouson comme une sorte d'uniforme de « poppeuse ». Elle le voyait s'élimer jour après jour, craignant l'instant fatal où il ne lui serait plus possible de le porter et où elle perdrait du même coup un pan de son identité. Quant au maquillage, ce fut une simple formalité. Sans s'en apercevoir, elle lui consacrait de moins en moins de temps. Se maquiller exigeait une trop grande proximité avec ce visage qu'elle ne pouvait plus voir en peinture.

Dehors, le soleil rayonnait d'un tel éclat qu'il lui sembla inenvisageable qu'il pût se coucher. Pleine d'une fougue retrouvée, elle ferma les yeux et huma le parfum printanier qui emplissait l'atmosphère. Elle sentait le pouls de la vie pulser dans les moindres recoins de son corps. C'était un cadeau immense, et elle en remercia le ciel.

Elle tourna sur la rue Trousseau et longea la petite terrasse du Bottle Shop occupée par des Anglo-Saxons qui rêvassaient près de leur blonde.

En passant, Moïse capta au vol la fin mélancolique et divine de *Live forever* d'Oasis. Elle considérait ce morceau comme le plus beau que les frères Gallagher aient jamais composé. À lui seul, il réunissait ce qu'elle aimait tant dans la brit pop, l'expression de sentiments extrêmement profonds sur des airs en apparence légers, à parfaite équidistance du cauchemar et du rêve.

Elle continua de chanter la fin du morceau à haute voix, « *Gonna live forever… Gonna live forever…* » longtemps après avoir dépassé le Bottle

Shop. Dans sa tête résonnait encore le riff magique de Noel Gallagher. Il exaltait en elle un spleen délectable.

Comme fait exprès, elle était en train de longer la rue Charles-Baudelaire. Elle ralentit le pas pour observer à travers les grilles du square Trousseau la belle énergie des enfants que de simples jeux comblaient d'un bonheur pur. Ils ignoraient tout des maux qui s'amuseraient bientôt à tourmenter leur âme.

Ce bonheur inconscient n'était jouissif à observer que pour ceux qui souffraient de l'avoir perdu. Elle se dit que l'art de vivre résidait principalement dans l'art de se souvenir.

À l'écume de spleen qui demeurait en elle comme le ressac sur le rivage vint se mêler la liesse d'habiter le moment présent. Elle était capable de marcher, de contempler des visages, d'écouter des rires et la musique familière de Paris. Elle s'arrêta de nouveau et observa les rayons du soleil dans la ramure des châtaigniers.

Ce moment revêtait des airs de coïncidence divine. Elle était là où elle avait envie d'être. Une nouvelle fois, elle leva vers le ciel des yeux plein de gratitude.

En reprenant sa marche d'un pas exalté, elle décida de proposer à Antoine de boire un verre en terrasse hors des itinéraires balisés. Elle chercha à le joindre à plusieurs reprises mais chaque fois, son téléphone basculait sur sa messagerie.

Ces derniers temps, elle trouvait ses choix de plus en plus paradoxaux. Il était évident qu'il recherchait sa compagnie et chérissait leurs moments à deux, mais dans le même temps une part de lui semblait de plus en plus secrète et inaccessible.

Après plus de trente années de relation, ils étaient parvenus à garder certains élans des débuts. Ils riaient, écoutaient de la musique, dansaient, s'enivraient et se roulaient par terre comme deux adolescents. Le secret de cette fraîcheur résidait dans leur capacité à s'envisager aussi comme des amis. Même leurs disputes gardaient l'éclat de leur jeunesse. Ils continuaient de traverser des orages à faire pâlir les tempéraments les plus belliqueux. Ces batailles pouvaient durer des heures et finissaient par ressembler davantage à un concours d'éloquence qu'à un affrontement sérieux.

Antoine et Moïse s'étaient toujours retrouvés sur une féroce détestation de l'idée de couple dans ce que cette notion imposait de contingences et de lourdeur. C'était sans doute la raison essentielle pour laquelle ils n'avaient jamais eu d'enfants. Ce rejet affiché faisait toujours rire leurs amis, qui ne manquaient pas une occasion de leur rappeler leur record de longévité.

Cependant, une part de leur relation dysfonctionnait et Moïse s'entêtait à lui opposer une cécité puérile. Comme une enfant, elle tapait du pied et exigeait que chaque élément de son existence restât en l'état. Elle qui se croyait douée pour la vie se refusait à admettre sa fragilité. Mais les paroles récurrentes de son compagnon la forçaient à humer les effluves funestes de changement malgré elle.

Depuis peu, alors qu'ils s'enorgueillissaient d'avoir entretenu une si longue conversation sans en éprouver la moindre lassitude, ils n'arrivaient plus à récupérer cette fluidité si précieuse à leurs échanges. Et la persistance héroïque de leur complicité n'empêchait pas Antoine d'exprimer un fréquent besoin de solitude. Bien qu'elle fût d'une nature profondément indépendante, les moments où il cherchait à la fuir lui étaient insupportables. Elle se raisonnait en se répétant que la traversée avait été longue. Si elle désirait la poursuivre, il lui faudrait désormais étouffer sa vanité et l'idée qu'elle fût indispensable à Antoine en toutes circonstances.

Mais était-elle capable de tuer assez de mirages en elle pour jauger sa relation mouvante avec lui autrement qu'en la condamnant ?

Car de son côté, elle avait également senti son caractère se durcir, son regard sur ses choix originels se teinter d'une sévérité qui la plongeait dans un piège dont il lui serait difficile de sortir.

Récemment encore, le postulat de son existence était d'épouser la vague des événements qui se présentaient à elle. À tort ou à raison, elle se faisait fort de ne pas les combattre mais de les accompagner. En dehors de la mort de son père qui l'avait déchirée, son existence s'était jusque-là plutôt accordée à ses désirs. Elle n'avait pas vraiment eu l'occasion de mettre en pratique cette adhésion dont elle vantait sans cesse les mérites.

L'agitation entre eux n'était pour l'instant qu'un léger remous, mais que ferait-elle face à la lame de fond qui se dessinait à l'horizon ?

Voilà plus d'une heure qu'elle marchait, perdue dans ses pensées. Elle fut surprise que son étourderie l'ait fait atterrir porte Dorée, à l'orée du bois de Vincennes. Elle décida de rebrousser chemin sur l'avenue Daumesnil et d'emprunter l'avenue du Général-Michel-Bizot. Elle aimait ce quartier. On s'y sentait à la fois dans Paris et partout ailleurs. Sa proximité avec la petite ceinture lui conférait une étrangeté évanescente qu'elle retrouvait dans certains romans de Modiano. S'y égarer revenait à accepter de n'être personne et de faire un voyage vers nulle part.

Elle reçut enfin un message d'Antoine. Il était allé voir *Au hasard Balthazar* à l'Action Christine. Il l'informa du fait qu'il s'apprêtait à rentrer comme un âne bâté ET déprimé…

Elle attendit de s'asseoir sur le premier banc vacant pour lui répondre.

« Tu cherches les ennuis, aussi… En même temps, tu t'es toujours pris pour Jésus, ceci explique cela… Je suis sortie. J'ai VRAIMENT commencé mon livre. Je suis contente. Je rentre bientôt. Je t'embrasse. »

Elle envoya le message puis s'alluma une cigarette en observant les nombreux joggers se croiser sur la promenade plantée.

Son téléphone tinta de nouveau. Réponse d'Antoine.

« Toujours aussi bouleversant. Je ne m'en remets pas. Je ne me prends pas pour Jésus, je le suis ! Un jour, tu me reconnaîtras… C'est aussi pour ça que je t'aime et que je suis avec toi, digne fille d'Abraham… Pour ne jamais oublier d'où je viens ! Mais pour l'heure, je te propose un petit-grand apéro musical à la maison et plus si affinités… Pas très catholique, tout ça ! »

Les yeux brouillés de larmes, elle lut et relut le SMS. Depuis quand ne s'étaient-ils plus dit qu'ils s'aimaient ? Pour exprimer leur amour, ils étaient passés maîtres dans l'art de la litote. Elle leur donnait l'impression d'être moins lyriques.

La colère prit le dessus sur l'émotion. C'était au moment où elle commençait à s'habituer à le voir s'éloigner qu'il venait tout foutre en l'air avec ses mots d'amour ! Se pouvait-il qu'il s'amusât avec elle comme un chat s'amuse du petit corps d'une souris avant de la dévorer ? Elle ne pouvait se résoudre à cette idée. Elle se mit à cogiter sérieusement et pour la première fois, songea à se mettre à sa place. Si l'éventualité qu'il veuille vivre une partie de sa vie dérobée à son regard la peinait, il était possible que lui-même souffrît de désirer cet éloignement.

« Merci pour ton enthousiasme… » s'afficha sur son écran.

Elle avait oublié de répondre et bien qu'elle n'en eût pas envie, elle s'y colla dans la seconde. Elle ne savait pas quoi dire. D'un geste nerveux, elle tapa :

« Je voudrais que tout redevienne comme avant. » Mais elle effaça aussitôt ce message dont elle avait honte tant il lui semblait stupide. Quel âge avait-elle ? C'était précisément le genre de réaction qui l'insupportait chez elle. Il avait un train d'avance sur elle, et avait besoin d'un oui sincère pour que leur transformation prenne le visage de la chance et non du deuil.

Alors qu'il avait passé sa vie à s'émouvoir de son tempérament enfantin, il la suppliait en sous-texte de réagir en adulte. Elle comprit que la condition sine qua non de leur métamorphose était la sienne propre.

Un léger vent de panique souffla sur elle. Elle regarda les mères qui poussaient des landaus comme des trophées. Elle pensa : « Pourquoi n'ai-je jamais voulu d'enfants ? Si j'avais engendré un autre être que moi, je ne serais peut-être pas dans cet état de déséquilibre et d'incertitude. Je serais comme elles, dans une vie chronométrée et contraignante mais dont un autre que moi serait le sens. Si les gens font des enfants depuis des milliards d'années, c'est pour ne pas avoir à faire face à l'inanité de l'existence. »

Puis, comme chaque fois, elle se rappela qu'elle n'avait pas voulu d'enfants mais qu'elle avait ardemment désiré écrire des livres. Ses livres étaient ses enfants à elle. Et pour elle, la question de l'horloge biologique ne se posait pas. Elle pourrait avoir des enfants jusqu'à la fin de sa vie !

Sa poitrine se gonfla de soulagement. Elle était en mesure de trouver une issue à tout ça. Sortir de ce passage. Changer de chapitre.

Chapitre 10

Ils étaient ronds, enlacés à même leur moquette mythique. Lloyd Cole continuait de dérouler son *Easy Pieces* mais ils n'y prêtaient guère attention. Ces chansons qu'ils connaissaient par cœur pour les avoir écoutées des milliers de fois faisaient corps avec eux.

Ils venaient de faire l'amour dans une fusion et une tendresse qu'ils n'avaient plus connues depuis longtemps. Avant, ils avaient beaucoup parlé. De littérature, de musique, de n'importe quel sujet digne de les étonner, de les divertir ou mieux encore de les faire rire. Rien n'était sérieux mais tout l'était.

Sur la table basse trônaient une bouteille de vin blanc vide et une autre à peine entamée, un paquet de cigarettes et des pochettes de disques dont les vinyles étaient éparpillés sur le sol.

Antoine caressait les longs cheveux châtains de Moïse qu'il contemplait avec une expression d'amour dénuée d'afféterie. Elle se laissait faire sans broncher, ne pensant même pas à se servir d'une vanne pour désacraliser un moment qu'elle aurait d'ordinaire jugé trop solennel.

Il posa sur elle des yeux scintillants d'émotion.

— On est heureux, non ?

— Oui, acquiesça-t-elle de tout son cœur. Plus que jamais !

C'est vrai qu'ils étaient heureux, heureux sans restriction. La magie de cet instant était indiscutable.

Moïse n'osait pas bouger de peur de percer le filtre étoilé qui planait dans leur ciel obscur. C'est Antoine qui se leva en premier. Elle resta allongée au sol, observant son corps nu dans la lumière ocre que diffusaient de petites lampes anciennes disséminées dans tous les coins de la pièce.

Il s'empara d'une cigarette et fit vaciller la flamme du briquet tout près de son visage. Dans cet effet de clair-obscur, son visage christique lui évoqua ceux qui peuplent les tableaux du Caravage. Antoine ne fumait pas mais s'autorisait une cigarette ou deux lorsqu'il se sentait bien. Avec le temps, Moïse avait fini par comprendre que pour lui cette cigarette était comme un point d'exclamation à une volupté extrême. Elle ne chercha pas à comprendre d'où venait ce cadeau miraculeux, et qui le leur envoyait.

Alors qu'il recrachait la fumée, tenant sa cigarette de manière un peu maladroite, elle le trouva d'une beauté extrême. Sans prendre la peine de faire le moindre sport, il avait réussi à garder un corps de jeune homme mince et élancé. Les courbes de ses muscles étaient si harmonieuses qu'elles laissaient penser que c'était l'art et non la nature qui en était l'auteur. Son cher Lord Byron lui avait appris que s'occuper de sa propre diététique concourait à étayer son chemin philosophique.

Moïse admirait Antoine. Antoine souriait à Moïse. Ils étaient pantois d'amour, décomplexés d'être heureux. Dans de tels moments, elle prenait la mesure de la complexité de cet homme. Le paradis et l'enfer semblaient constamment se disputer leur pouvoir sur lui.

Il alluma une autre cigarette, vint la lui offrir puis se dirigea vers la platine. D'un geste délicat, il ôta le vinyle et en posa un autre. Soudain, elle identifia les premières notes de *There is a light that never goes out.* Il revint s'allonger près d'elle et entonna le refrain avec elle : « *And if the double decker bus crashes into us...* »

Décidément, tout lui apparaissait si parfait qu'elle était encline à chercher l'ombre quelque part. Elle était sûrement plongée dans l'un de ces rêves dont on ne se remet pas au réveil. Mais la bouche d'Antoine qui pressa de nouveau la sienne rendit tangible toute la magie de l'univers.

Ils s'étreignirent encore puis se rhabillèrent pour reprendre un verre. Ils avaient acquis certains rituels. Et lorsqu'ils faisaient ce genre de soirée à deux, chacun avait sa place. Antoine s'installait sur le canapé alors que Moïse s'asseyait en tailleur sur la moquette, tout près de la table basse, si imposante qu'elle formait un rempart naturel entre eux.

— Quelle bonne idée tu as eue ! s'exclama Moïse en se penchant pour entrechoquer son verre contre le sien.

— Oui… J'avais envie de retrouver ce goût, dit-il en jetant un œil mécanique au livre consacré à *Querelle* de Fassbinder. Brad Davis habillé en marin sexy enflammait la première page.

— Le goût de quoi ?

— Le goût de ce que nous sommes vraiment, deux êtres qui s'aiment avec autant de légèreté que de profondeur, d'innocence que de complexité… C'est comme ça que nous devons nous obliger à nous comporter.

— Plus facile à dire qu'à faire…, lâcha-t-elle sans pouvoir empêcher de laisser filtrer une pointe d'amertume. Tu oublies les malentendus et les rancœurs ! Tu oublies le temps… Puis elle osa enfin lui dire ce qu'elle pensait : Crois-tu que je ne me rende pas compte que tu t'éloignes de moi ?

Elle plongea son nez dans son verre pour masquer la grimace de dépit qui ternissait son visage. Antoine reprit une cigarette et l'alluma d'un geste fébrile. Il avait soudainement l'air sérieux, presque craintif. On aurait dit qu'il s'apprêtait lui aussi à exprimer une chose difficile, une chose qu'il avait retenue trop longtemps et qui, à présent, le débordait.

— Je ne m'éloigne pas de toi, se défendit-il légèrement agacé d'être incompris. Moïse, je n'aime plus ma vie. Je ne veux plus vivre dans ce coma permanent. Je ne m'y retrouve plus. Ça fait un moment que j'essaye de te faire comprendre que je veux quitter tout ça… Les beuveries, les gueules de bois toujours plus difficiles… Ça ne me satisfait plus et l'absence de plaisir m'attriste.

— Mais qu'est-ce que tu veux, alors ?! s'écria-t-elle.

Elle sentait que sa voix s'animait malgré elle, elle se retrouvait encore sur la défensive.

— J'aspire à une vie simple, une vie simplifiée. Mon intention n'est pas de tout arrêter mais d'arrêter ce réflexe soporifique… L'image de moi-même que tout ça me renvoie me fait horreur. Je me fais l'effet d'un vieux chanteur de rock qui tente tant bien que mal de faire le même show qu'à ses débuts pour contenter son vieux public. La seule différence avec nous, avec moi, c'est que lui touche un cachet faramineux à la fin du concert et que le mien n'est fait que d'aspirine…

— Très bonne vanne, releva-t-elle sans conviction.

Il laissa échapper un rire bref puis poursuivit.

— Je ne plaisante pas… J'ai l'impression de macérer dans cette longue nuit depuis si longtemps que je m'étiole. En ce qui me concerne, la situation devient intenable. Et j'ai lu assez de livres pour savoir que sortir de ce circuit infernal passe d'abord par tourner le dos aux gens qui le composent… Des gens que j'aime…

Antoine vit que le visage de Moïse avait pâli d'un coup. Elle remplit son verre à moitié et le but d'un trait. En le reposant sur la table un peu trop brusquement, elle le toisa d'un air glacial.

— Qu'est-ce que t'es en train de me dire, là ? Tu veux me quitter ?

— Je ne veux pas te quitter, je veux me sauver !

Mue par l'énergie colérique qui fusait en elle, elle se remit d'un bond sur ses pieds, puis contourna la table pour s'approcher du canapé.

— Arrête de tourner autour du pot ! J'en ai marre de tes phrases à la con ! articula-t-elle sans desserrer les mâchoires.

Elle s'aperçut qu'elle le pointait du doigt et le retira.

— Calme-toi, dit-il. J'ai pas envie de me disputer avec toi… On a passé une soirée magique, ne gâche pas tout.

— C'est toi qui gâches tout ! Tu ne vois pas ?! C'était ça ton plan ? Tu voulais m'endormir pour m'asséner le coup fatal ?!

Antoine pensa : « Et voilà, le dialogue de sourds. Encore une fois, elle n'a rien compris… Elle continue de camper sur ses visions puériles qui finiront par nous engloutir tous les deux. »

Moïse était retournée à sa place, dégrisée et désenchantée… Elle se mura dans un silence amer avec l'impression que son cœur gonflé à bloc venait d'éclater en mille morceaux.

— Mais enfin, pour une fois dans ta vie, essaye de considérer les choses autrement, putain, c'est chiant ! Ta fête n'est plus qu'une défaite, t'es aveugle ou quoi ? Tu ne vois pas nos masques fatigués ? Ne me dis pas que tu ne ressens pas un peu la même chose que moi ?...

Moïse aurait voulu lui répondre avec sincérité mais Antoine venait de lui casser les jambes et elle ne pouvait franchir l'obstacle de vérité qu'il semblait attendre d'elle. D'innombrables séquences de leur vie dans cet appartement, les jeux hilarants avec feu leur chien Manhattan, les dîners devant la télévision, les disputes, les soirées avec leurs amis, lui apparurent en filigrane. Une bonne partie de leur existence avait eu lieu ici, et il semblait lui demander de s'asseoir sur tout ça.

Sous la pression de son regard, elle finit par prendre son courage à deux mains et céda.

— C'est vrai que le cœur, ou du moins le corps, n'y est plus vraiment... C'est vrai qu'on doit doubler voire tripler les doses pour retrouver la pâle copie de ce que nous étions. Mais notre vie ne se résume pas seulement à ça. On marche, on lit, on écoute de la musique, je ne sais pas, moi...

— Tu te mens, l'interrompit-il d'une sentence imparable.

— Ici même, dans cet appartement, nous vivons des tas d'autres choses. Des choses douillettes, intimes. Une autre vie se déroule en parallèle de celle que tu ne peux plus supporter. Et j'ai l'impression que tu te sers de cette vie-là pour ne pas avoir à me dire que tu n'aimes plus l'autre non plus..., dit-elle, envahie d'un calme froid comme la mort.

Antoine but une gorgée de vin et sonna son courage. Il n'y avait plus de musique. Seul le crépitement répétitif du saphir au bout du disque rythmait leur échange.

— C'est possible..., concéda-t-il avec tristesse. N'oublie pas que tu es la personne que j'aime le plus au monde, tu le sais... J'ai proposé cette soirée pour que tu retrouves la mémoire de ce que nous pouvons être. Écoute, j'ai cinquante-cinq ans, quatre ans de plus que toi, et j'éprouve un besoin inouï de me réinventer. De tenter une autre aventure, une ultime aventure peut-être...

Soudain, elle se redressa, comme foudroyée par une évidence.

— T'as rencontré quelqu'un ? demanda-t-elle avec la peur au ventre qu'il confirme ses doutes.

Il lâcha un rire goguenard qui témoignait de sa déception.

— Et voilà, c'est ça le problème avec toi... Tu ramènes tout à l'amour ! En dehors de celui que je partage avec toi, l'amour ne m'intéresse pas. Je m'en tape ! Je n'y crois pas ! J'aime les petits flirts parce que ça m'amuse... Ça a eu une importance dans ma vie à un moment où tu étais trop dissolue pour compenser ma tendance naturelle à la frivolité. Et sous tes airs innocents, je n'ignore pas que tu t'es amusée, toi aussi. Mais, regarde, nous sommes encore là. Tu es ma seule histoire. En revanche, ce que je n'aime pas c'est vivre contre moi-même... Ce que j'ai voulu faire de ma vie est trop important pour moi. C'est aussi important pour moi que tes livres le sont pour toi...

— Le vieux mythe de l'artiste sans œuvre..., balança-t-elle dans un sarcasme blasé.

Comme chaque fois qu'ils abordaient le sujet, le corps d'Antoine se ramassa tout entier. Il s'avança à l'extrême lisière du canapé et se pencha dans sa direction dans une attitude guerrière.

— Exactement ! Tu peux toujours te gausser, ça m'est égal ! Tout le monde rit du dandysme... ou pire encore, le galvaude en le résumant à un style, une préciosité... Mais c'est tout le contraire ! Cette option de vie demande un courage que beaucoup ignorent... Tu peux toujours te moquer – vous pouvez toujours vous moquer – j'en ai rien à foutre. J'irai jusqu'au bout !

— C'est bon, arrête de te prendre pour un héros ! T'es pas entré dans la résistance, non plus !

— Si, justement. C'est une forme de résistance et personne ne me fera vivre à l'horizontale, même pas toi.

Dès qu'il s'opposait à elle sur la singularité de ses choix, elle incarnait la société tout entière et donc son pire adversaire. D'un coup d'un seul, il sortait les armes et n'avait plus peur de rien ! Ce qu'elle redoutait venait d'arriver. Leur conversation avait quitté le champ symbolique de la fête ininterrompue pour rentrer dans le dur. Elle connaissait les arguments d'Antoine par cœur, mais plus que jamais ils la laissaient désarmée et sans voix.

— Je ne sais pas comment tu vois les choses. Je ne comprends pas comment tu envisages de vivre sans gagner le moindre argent. Tes économies s'épuisent et moi, je gagne si peu… Si seulement un jour, quelque chose que j'ai conçu marchait assez pour nous faire vivre tous les deux, je te jure que je ne verrais aucun mal à tout ça. Ce n'est pas du tout une question de principes.

— C'est pas vrai… Tu ne veux pas t'avouer que mon mode de vie te choque !

— T'es injuste ! S'il m'avait choquée, pourquoi je serais restée si longtemps avec toi ?

— Si t'as toléré ça si longtemps, c'est parce que durant plus d'une dizaine d'années, j'alternais les périodes de travail et d'oisiveté. Ce rythme te convenait… Je faisais des clips, des pubs, tout un tas de choses que les gens trouvent « cool » et ça servait ton image. Et en plus, je gagnais pas mal de fric. Mais je peux te dire que je ne me suis jamais senti aussi mal de ma vie ! Pour rien au monde je n'y retournerais, je préférerais encore crever !

Moïse sentit que ses yeux étaient humides mais elle ne savait pas si elle devait son envie de pleurer à la rage d'être injustement accusée ou à la révélation d'une vérité qu'elle s'était toujours cachée.

— Oui, je suis une petite pétasse vénale… C'est bien connu ! hurla-t-elle.

— T'es impossible, conclut-il. Je ne peux jamais avoir une discussion sérieuse avec toi.

Elle ne releva pas et se contenta de hausser les épaules. Ils s'examinaient dans l'air paralysé.

— J'ai beau faire, je n'arrive pas à rassembler les éléments de ton puzzle, reprit-elle après avoir récupéré un semblant de calme. Je me demande toujours comment tu comptes vivre. Les dandies, ça bouffe aussi, non ?

— Tu es vulgaire…

— C'est toi qui me rends vulgaire. Je suis obligée de me défendre.

— Je t'explique, commença-t-il, s'efforçant lui aussi de garder son calme. Je n'ai plus beaucoup d'argent, mais il m'en reste suffisamment pour tenter une autre aventure. Ensuite, je n'en aurai plus, c'est vrai, mais je serais allé bout de mon expérience. À ce moment-là, on verra… Je consentirai peut-être à travailler, à faire n'importe quoi, mais je n'éprouverai pas d'amertume d'avoir interrompu les choses avant la fin par simple peur de ce qui pourrait advenir… Est-ce que ça te semble clair ?

— Tout à fait clair, articula-t-elle. Ce qui l'est moins, c'est le rôle que j'ai encore à jouer dans cette histoire. Tu parles comme si tu étais seul…

Il tourna son visage à droite et à gauche, comme s'il cherchait quelqu'un à prendre à témoin, puis revint à elle.

— Le rôle que tu voudras bien jouer… Tu peux quitter Paris, écrire ton livre n'importe où ! Ce n'est pas la grande chance des écrivains que de pouvoir se déplacer et vivre où ils le désirent ? Toi, tu fonctionnes comme une fonctionnaire ! C'est peut-être ça qui t'empêche d'écrire... Tu manques d'inspiration parce que tu vis et tu vois toujours la même chose depuis des années ! Toi aussi, tu as un peu d'argent de côté... S'il te plaît, tentons quelque chose avant de n'être plus en mesure de le faire !

En entendant qu'elle faisait encore partie de ses plans, Moïse se détendit. Elle se sentit capable de réfléchir froidement à ce qu'Antoine venait de dire. Bien sûr qu'une part d'elle avait envie et même besoin de renouveler le paysage de son existence. Elle ne cessait d'y penser, se gardant bien de lui en faire part par crainte qu'il ne la prenne au sérieux. Elle avait peur, c'était ça la vérité. Peur de renoncer et de perdre. Antoine avait raison, elle était une fonctionnaire qui avait endossé un costume trop grand pour elle.

— Toute ta vie est régie par la peur, affirma-t-il comme s'il avait lu dans ses pensées. La plupart des gens sont régis par la peur. Ils consomment, s'achètent des choses, s'entourent d'objets dont ils n'ont pas besoin et vivent dans des appartements trop grands pour être sûrs qu'ils sont à l'abri d'on ne sait quoi, d'ailleurs... Je veux définitivement me débarrasser de ce sentiment.

Ce fut au tour de Moïse de déclencher un rire goguenard.

— Ahahah ! Les appartements trop grands… Va parler de ça aux gens qui ont à peine de quoi se loger et se nourrir… Tu vis dans quel monde ?

— Dans le mien, justement… Je ne te parle pas des gens qui sont si pauvres qu'hélas leur seul combat se résume à survivre. Je te parle des autres… Des gens qui pourraient nous ressembler… Tu sais bien que leur pseudo-abri n'est qu'une prison dont ils ont eux-mêmes bâti les murs. Ils passent de boîte en boîte… L'école, la boîte de nuit où ils s'amusent, la boîte où ils travaillent et la boîte où ils seront enfermés pour « reposer en paix »… C'est tout ce qu'on a refusé dans la vie. Et nous aussi, on en paye le prix. Pas d'enfants, pas de maison à nous, assez peu d'argent. Sans parler de l'opprobre social…

— C'est vrai qu'on est harcelés…

— On n'est pas harcelés, mais on est méprisés. Pour beaucoup de gens, on est ce qu'ils appellent des « losers ». Leur mépris fait d'ailleurs ma fierté…

Mue par une remontée d'orgueil, elle se redressa et bomba la poitrine.

— Alors là, j'en ai rien à foutre ! Je ne veux ni de leurs appartements trop grands, ni de leurs objets inutiles et moins encore de leur compte en banque. Je crains de manquer d'argent, c'est vrai, mais je frémis à l'idée d'en avoir trop…

— Rassure-toi, ça n'est pas le genre de menace qui te guette ! lança-t-il en riant.

L'atmosphère était redevenue chaleureuse et complice. Moïse se dit qu'il suffisait de sortir de sa tranchée où s'entassaient les non-dits et de discuter à cœur ouvert pour se comprendre.

— J'aime ma vie et je ne veux pas autre chose que la poursuivre ainsi...

Le regard d'Antoine s'égaya d'une lueur d'espoir. Quelle heure était-il ? Ce moment était à marquer d'une pierre blanche. Moïse semblait enfin retrouver un brin de lucidité.

— C'est ce que j'essaye de t'expliquer. Si tu veux que ta vie garde sa couleur, tu dois bouger les choses. Ça a l'air paradoxal mais c'est ainsi. Paris n'est plus une ville pour des gens comme nous. Elle le fut, elle ne l'est plus. Elle est trop chère et son confort lui a fait perdre toute imagination et toute fantaisie. Nous sommes à son image... Je voudrais retrouver du déséquilibre pour forcer quelque chose en moi...

— Mais j'aime Paris ! s'exclama-t-elle.

— Non, tu aimes le souvenir de ce que Paris t'a donné...

— Je ne sais pas... Je ne me sens pas de partir. Pas encore ! dit-elle dans un cri du cœur, le suppliant du regard.

Le visage d'Antoine s'assombrit de nouveau. Il resta un moment figé, les épaules rentrées, puis se leva.

— Tu vas te coucher ?

— Oui...

Il prit les bouteilles, la deuxième n'était pas terminée, et les rapporta dans la cuisine. Moïse accompagnait ses gestes du regard et remarqua que le sien la fuyait.

— Tu ne veux pas finir le reste de la bouteille avec moi ? demanda-t-elle avec douceur dans le but de l'amadouer.

— Non… Je suis fatigué… Bonne nuit, dit-il en se dirigeant vers la chambre d'un pas empreint de lassitude.

Renonçant à le convaincre, elle étira son corps sur la moquette et entendit la porte de la chambre se fermer doucement. Il y avait dans ce bruit discret tout le renoncement du monde. Ce calme l'inquiéta. Elle aurait préféré qu'Antoine claque la porte et lui hurle combien il la trouvait conne de s'accrocher ainsi.

Elle transvasa le reste de la bouteille dans son verre et l'emporta près de la platine. Qu'allait-elle mettre ? Sans surprise, Morrissey s'imposa comme son premier choix. Il était le seul digne d'accompagner ce moment crucial des aveux. Mais elle renonça. Si Antoine captait les mélopées du Mozz depuis leur chambre, il se dirait qu'elle était définitivement une fille rivée au passé. Elle eut l'idée de faire confiance au hasard et sortit un disque de la pile à l'aveugle. C'était l'album de Gamine, un groupe bordelais des années 80. En termes de passé, ça ne s'arrangeait pas…

Avec ceux des Smiths et de Lloyd Cole and The Commotions, l'album de Gamine était peut-être celui dont elle pouvait chanter de tête l'intégralité des paroles. En posant le saphir sur le disque, elle se sentie emplie d'une fierté démesurée. Ça en disait long sur elle… Elle était comme on dirait à la croisée des chemins, les fenêtres de son existence donnaient sur un précipice, et elle vibrait d'avance pour les quarante-cinq minutes d'un voyage où elle pourrait aller voir la mer, Venise en hiver ou les palmiers sur la promenade des Anglais… Non, elle n'avait plus sommeil, non, plus sommeil…

Ils pourraient partir tous les deux en voyage.

Chapitre 11

Elle ouvrit les yeux et réalisa qu'elle avait dormi dans son bureau. L'odeur de tabac froid qui filtrait du salon par le chambranle de la porte lui procura une sensation d'écœurement. Quand et comment s'était-elle couchée ? Elle s'enquit de l'heure sur son écran de téléphone. Celui-ci affichait 14 h 17. Et voilà, se dit-elle, mes bonnes résolutions de me mettre au travail chaque après-midi ne datent que d'hier et sont déjà caduques… Une fois de plus, elle se reprocha de n'avoir pas su s'arrêter à temps. À l'album de Gamine avaient succédé d'autres albums, à la bouteille de vin, d'autres bières…

La sanction était toujours la même, sa tête était comme prise en étau. Elle avait une migraine à se balancer par la fenêtre. Traverser le salon redoubla sa nausée.

Par réflexe, elle fonça directement dans la cuisine en évitant soigneusement de constater le bordel dont elle était l'unique auteure. Le son pétillant et familier du cachet d'aspirine qui se dissolvait dans l'eau lui fit déjà du bien. Elle l'avala d'un trait, puis s'occupa de son estomac en balançant un cachet de citrate de bétaïne dans son verre. Elle était d'une nature plutôt désinvolte mais lorsqu'il s'agissait de son kit de survie, elle se montrait d'une rigueur implacable.

L'appartement était plongé dans un silence de mort.

Elle retourna dans le salon, ouvrit grand les fenêtres et détailla avec découragement la somme de travail qui l'attendait pour faire place nette avant qu'Antoine ne se lève. Elle était surprise qu'il dorme si tard, ce n'était pas dans ses habitudes. Elle passa à tâtons devant leur chambre et colla discrètement son oreille contre la porte. Aucun bruit... Il avait dû faire une insomnie et s'écrouler au petit matin.

Elle prit son courage à deux mains et choisit de commencer à ranger les vinyles dans les bonnes pochettes. Elle se sentait si épuisée que cette simple tâche lui prit plus d'une demi-heure. Dans un ultime élan d'énergie, elle dépoussiéra la table basse et rangea les livres empilés tout autour.

Elle remarqua que celui consacré à *Querelle* avait été déplacé sur le canapé. Une enveloppe dépassait grossièrement de la première page. Intriguée, elle s'en saisit. Elle blêmit. Antoine avait écrit son prénom en lettres capitales. Elle se précipita dans la chambre. Il n'était pas là. Le lit était fait. La peur au ventre, elle courut vers le placard. Sa valise et certains de ses vêtements n'y étaient plus. Son corps se glaça d'un coup. Elle fonça de nouveau dans la chambre et fouilla sa table de nuit à la recherche de son passeport. Plus de passeport.

Son cœur tambourinait si fort contre sa poitrine que ses tempes en vibraient.

Elle reprit l'enveloppe et l'ouvrit avec difficulté tant sa main tremblait. Elle s'effondra sur le canapé et lut la lettre.

Moïse,

Mon amour,

Je suis parti. J'ai pris quelques vêtements plus les quelques livres auxquels je tiens vraiment. Je te confie le reste. Fais-en ce que bon te semble. Je ne compte pas les récupérer. À partir de maintenant, je vais faire en sorte de voyager léger. Je sais que tu vas me haïr de filer ainsi à l'anglaise. Mais en prenant le risque de croiser ton regard, j'étais certain de manquer de courage et de renoncer. Ne prends pas mon départ comme une punition. Je pars car tu ne me laisses pas d'espoir. Tu n'es pas encore prête… Je ne vais pas me répéter, je t'ai tout expliqué hier. Si mon départ est une déchirure pour toi, crois bien que c'en est également une pour moi. Peut-être plus grande encore…

En trente ans, je n'ai pas passé plus d'une semaine loin de toi. Alors si aujourd'hui je m'arrache provisoirement à toi, c'est que je n'en peux plus. Si j'étais resté, si j'avais consenti à t'attendre, j'aurais fini par haïr ton immobilisme, te haïr tout entière, autant que je hais ce qu'est devenue notre vie.

Alors, je tente ma chance parce que je suis vivant. Contrairement à ce que tu peux penser, j'ai assez d'attachement à ma vie pour continuer de m'en faire le héros. Ou l'anti-héros. Comme tu voudras…

Je n'ai plus assez de temps pour me perdre dans des non-choix, ou du moins des choix qui sont les tiens et non les miens. J'ai essayé. J'ai tenu quelque temps. Tant bien que mal. Me voilà au bout de ce que je peux accepter sans me renier complètement.

Ça fait longtemps que nous cheminons ensemble. Mais notre route s'est comme dédoublée pour en former deux qui vont à contre-sens. Quand est-ce que ce triste phénomène a eu lieu ? Je n'en sais rien…

J'ai toujours vu l'existence comme une roue et j'ai bon espoir que celle que l'on a en commun se remette à tourner dans le bon sens.

Vois cet éloignement comme une rupture dans la continuité, une chance offerte à chacun de nous de poursuivre et d'achever sa réalisation. Ne panique pas. Ne me cherche pas tout de suite. Je donnerai des nouvelles à mes parents sans leur dire où je suis. Donne-nous du temps. Donne-toi du temps. Je te contacterai bientôt.

Si tu veux mon avis, on parle beaucoup trop. On s'oppose. On s'affirme. On argumente. Surtout toi…

De mon côté, ça ne me dit plus rien. Cette cacophonie permanente nous empêche de nous rendre à nous-mêmes. J'aspire à vivre en paix. Je veux me fondre dans les espaces entre les mots. Quant à ces derniers, je ne leur fais plus confiance. Ils ne font plus illusion sur moi que dans certains livres, trop rares à mon goût. Ces livres m'accompagnent comme des amis et ce sont ces amis-là que j'emporte.

Tout le reste n'est que bavardage stérile. Il me semble qu'on est à l'âge où il vaut mieux tuer l'ego et se taire. Toi qui t'intéresses à la philosophie juive, tu dois sûrement savoir que le retrait n'est jamais une mauvaise chose… Retirons-nous de nous. Retire-toi de toi. Je suis sûr que quelque chose de fondamental, sinon de décisif, émergera de tout ça…

En attendant, j'ai besoin de soleil, de mer, de lenteur et d'horizon fixe. La pluie, les hommes pressés, je ne peux plus. Tout est si violent et les gens sont d'une telle indifférence à leur sort, à celui des autres. Je n'ai jamais eu une grande passion pour le genre humain, mais là, j'éprouve l'urgence de retrouver ce qu'il y a de meilleur en chacun de nous dans un lieu où les hommes ne seraient pas encore totalement contaminés par ce qu'on appelle, à tort, le cynisme. Justement, c'est aux vraies valeurs cyniques que j'aspire et vers lesquelles je veux tendre.

Rassure-toi, je ne compte pas vivre dans un tonneau comme l'ami Diogène, mais trouver un asile où je pourrai être en accord avec moi-même.

Comme je ne crois pas que le monde ait la moindre chance de s'arranger, un asile s'impose. Un asile, sinon, c'est la fin de tout.

Je ne pars pas vraiment seul… Ton image, plus présente que jamais, et nos souvenirs m'accompagnent. Ma compagne.

Pour le reste, je vais travailler à ne plus avoir peur. Je te l'ai dit, je veux tuer les sentiments inutiles qui obstruent ma route. Ce glorieux assassinat me rendra ma liberté. Mais je ne brise pas les chaînes pour me libérer de toi, je ne me fais pas d'illusions... (Je t'en prie, souris, c'est maintenant que tu dois sourire.)

Est-ce que tu connais l'intrication quantique ? Il faut toujours s'intéresser à la physique pour y voir clair dans son ciel. L'intrication quantique désigne le lien inexpliqué qui unit deux particules quelle que soit la distance qui les sépare.

De sorte que si l'une d'elles se modifie, l'autre fait instantanément de même.

Ce passage n'est qu'un dysfonctionnement. Toi et moi, nous sommes deux particules soumises à l'intrication quantique. Aucun de nous deux n'y peut rien. Même les lois de l'univers n'y peuvent rien...

Antoine

Chapitre 12

Voilà une semaine qu'elle ne sortait plus, pas même pour un succinct ravitaillement. Elle ne se nourrissait que de biscuits secs qu'elle trempait dans du café ou de la verveine. Elle pleurait peu. Elle avait l'impression que tout son être s'était mué en une banquise où seul l'imperceptible souffle qui sortait de sa bouche signalait que la vie s'obstinait.

Elle avait aussi découvert les bienfaits du travail. Elle avait beaucoup écrit. Le fait de ne pas boire, de ne pas se droguer, de ne pas écouter de musique, avait laissé place à une grande clarté et à un silence où sa propre musique avait trouvé l'espace nécessaire pour se déployer.

Cependant, elle se sentait en danger. Elle était trop sombre pour rester seule. L'absence d'Antoine révélait ses pulsions suicidaires et son asthénie naturelle. Dans leur duo, elle avait toujours cru incarner celle qui aimait la vie, lui cédant la place du héros inadapté qu'elle devait empêcher de sombrer.

Son départ montrait toute l'ampleur de sa méprise. Elle découvrait que seule la présence d'Antoine l'autorisait à s'octroyer le beau rôle. Sans lui, elle redevenait cette fille sombre et mélancolique, rongée par l'ennui.

Elle avait décidé de respecter sa volonté. Pour ne pas être tentée de le joindre, elle gardait son téléphone aussi loin d'elle que possible. Elle ne répondait qu'à sa mère à qui elle cachait son drame amoureux comme un événement honteux. Taire son abandon était aussi un moyen de le rendre irréel. Une part d'elle restait incrédule. Cette incrédulité face à l'absence vertigineuse l'empêchait de s'écrouler complètement.

Où était-il passé ? Il avait donné quelques indices, la mer, le soleil, la lenteur… Elle balaya l'hypothèse qu'il fût retourné à Nice. Tout y était bien trop familier. Ce n'était pas là que sa nouvelle aventure lui serait offerte… Alors où ? L'Italie, peut-être… Il avait une passion pour Rome et avait toujours nourri le fantasme d'y séjourner.

Elle finit par se dire qu'il était inutile de se triturer les neurones. Cette épreuve lui avait même ôté l'envie de se battre. À quoi bon chercher à le retrouver si lui n'aspirait qu'à la fuir ? Elle prit la résolution d'attendre un bon mois voire deux si elle tenait le coup. Avec un peu de chance, le manque le ferait changer d'avis.

Elle prit une douche en vitesse, fit l'effort de s'habiller et de se maquiller et sortit enfin de chez elle. Dans l'ascenseur, elle éprouva un sentiment inédit. Pour la première fois de sa vie, l'extérieur lui faisait peur. Elle s'en étonna. D'ordinaire, c'était rester chez elle un peu trop longtemps qui la terrorisait.

Était-il possible que l'évaporation d'Antoine eût déstabilisé jusqu'aux bases les mieux ancrées dans sa nature ? Ne pouvant supporter cette idée, elle prit une large inspiration et s'ordonna d'ignorer sa crainte jusqu'à ce qu'elle se fatigue et disparaisse.

Mais dès les premiers mètres parcourus, elle sentit ses jambes flageoler, et comprit que ce qu'elle chérissait le plus dans la vie, comme le fait de marcher dans Paris, lui semblait soudain dénué d'intérêt.

Elle continua d'avancer péniblement. Il lui tardait d'atteindre le Monoprix de Ledru-Rollin. Il n'était qu'à cinq minutes de chez elle, mais le chemin lui paraissait interminable. Comme à son habitude, elle observa les gens, les façades, les voitures ; aucune de ces choses si fascinantes pour elle d'ordinaire ne suscitaient le moindre émoi chez elle.

Alors qu'elle franchissait à peine le seuil du supermarché, son téléphone se mit à sonner. C'était Raphaël. Elle choisit de lui répondre mais de l'expédier illico presto.

— Qu'est-ce que tu fous, ça fait plusieurs jours que j'essaye de te joindre !

Il hurlait si fort qu'elle fut obligée d'éloigner le téléphone. Par réflexe, elle fit demi-tour pour sortir du magasin et alla se poster à l'angle du trottoir.

— Bonjour Raphaël, comment vas-tu ?

— Ne me demande pas comment je vais… Toi, comment tu vas ? Je commençais sérieusement à m'inquiéter !

— Ça va, j'ai été occupée, c'est tout. Je me suis remise à écrire, ça m'a absorbée…

— Ah ! Excellente nouvelle ! Sinon, comment tu vas ? répéta-t-il sur un ton suspicieux.

— Je vais bien, je te dis ! Tu ne vas pas me poser cette question quarante mille fois ! répondit-elle, un peu trop exaspérée.

— Désolé mais ce silence ne te ressemble pas… Voyons-nous ! Là, maintenant ! J'ai terminé tous les papiers que j'avais à écrire… Je suis libre comme l'air !

— Mais pas moi, dit-elle. Je ne peux pas…

— Si, tu peux… Tu as le temps d'aller au Monop, non ? lâcha-t-il, l'air mutin.

— Comment tu sais ?! le questionna-t-elle, stupéfaite.

— D'ailleurs, je te trouve particulièrement en beauté… Tu n'aurais pas un amant à la caisse ou au rayon poissonnerie par hasard ?

— Non, mais arrête, tu me fais peur ! Où es-tu ? demanda-t-elle encore en jetant des regards inquiets aux quatre coins de l'intersection que formaient le Faubourg-Saint-Antoine et l'avenue Ledru-Rollin.

— Derrière toi…, répondit-il avec un sourire dans la voix.

Elle se retourna. Il était là, devant elle, son téléphone encore collé à son oreille. Croiser un regard amical et familier lui fit l'effet d'un électrochoc. Elle parcourut les quelques mètres qui la séparaient de Raphaël en courant. En constatant qu'elle pleurait, celui-ci perdit son sourire et ouvrit ses bras avec sollicitude. Elle se colla contre lui et cacha son visage plein de larmes contre son épaule. Alors qu'elle sanglotait, elle sentait la douceur de ses mains lui caresser le dos. Elle pleurait mais elle redevenait elle-même. Retrouver de vraies émotions lui fit un bien immense. Raphaël eut l'élégance d'attendre qu'elle se calme pour dégainer les questions.

— Qu'est-ce qui t'arrive ? Je savais bien qu'il y avait un problème… J'étais en train de me rendre chez toi lorsque je t'ai vue.

— Il est parti, dit-elle en se désolidarisant de ses bras.

— Comment ça, parti ? Où ?

— Parti, envolé… Il a pris ses affaires et il est parti pendant que je dormais…

— La classe…

— Je t'en prie, ne l'accable pas…

— Mais enfin, je n'y crois pas… On ne part comme ça… On ne quitte pas quelqu'un après trente ans de vie commune… C'est n'importe quoi ! s'écria-t-il avec indignation.

N'ayant pas le moindre talent pour la sobriété et doté d'une immense passion pour le drame, Raphaël la jaugeait avec une expression de pitié presque risible. Elle dut s'empêcher de lui pouffer au visage.

— Arrête..., le supplia-t-elle en détournant la tête. Ne commence pas ton mélo. Si c'est pour faire ça, je me casse !

Elle se mit à marcher sans destination précise. Il lui emboîta le pas et passa son bras sur son épaule.

— C'est toi qui baignes en plein mélo, ma vieille ! rétorqua-t-il avec légèreté tout en traversant le passage piéton qui séparait le onzième du douzième. Un vélo lancé à vive allure les évita de justesse. Connard ! vociféra Raphaël à l'intention du cycliste qui était déjà loin. Je te jure, je vais m'en faire un, un jour...

Une fois le trottoir d'en face atteint, il entraîna Moïse vers le marché d'Aligre.

— Où va-t-on ? regimba-t-elle en freinant des deux pieds.

— En ce genre de circonstances, je ne connais qu'une méthode... Crois-en le champion toutes catégories des types largués ! affirma-t-il avec une conviction qu'elle n'avait ni la force ni le désir de combattre.

Chapitre 13

Alors qu'ils enchaînaient les verres à la terrasse du Penty, un petit bar près du marché d'Aligre, Raphaël avait reçu un message de Julien l'invitant à passer la soirée chez lui. Face au refus catégorique de Moïse de le suivre, son ami avait dégainé l'artillerie lourde, et voilà qu'elle se retrouvait de nouveau sur l'avenue Ledru-Rollin, marchant derrière lui en traînant la patte.

Pendu au téléphone depuis de longues minutes, elle l'entendait vociférer contre Alex, son amant du moment. Elle comprit qu'ils avaient prévu de dîner dans l'appartement où Alex vivait avec son mari. Il s'agissait de profiter d'une absence trop rare de celui-ci pour faire des galipettes dans le lit conjugal. Alex ne semblait pas apprécier que pour une fois, ce soit Raphaël, et non lui, qui prenne la liberté de lui poser un lapin.

Englué dans la scène que lui faisait Alex, il ne faisait plus attention à elle. Elle se dit qu'elle pourrait facilement obliquer rue de Charonne et lui fausser compagnie.

Arrivée à l'intersection, elle tenta le coup mais il se retourna juste à ce moment-là et l'enjoignit à le suivre d'un mouvement de tête qui ne laissait aucune place à la discussion. Elle s'exécuta en marmonnant.

Julien et Claire vivaient tout près de chez elle. Elle avait passé tant de temps chez eux et en était repartie dans de tels états qu'elle était capable de rentrer au bercail les yeux fermés.

Raphaël raccrocha, le visage empourpré de colère.

— Mais quel connard, quel connard, quel connard ! fulmina-t-il une fois qu'elle fut arrivée à sa hauteur. Tu le crois, ça ?! Il passe sa vie à me planter et il me tape un scandale pour un petit contretemps…

— C'est gentil de vouloir prendre soin de moi mais t'aurais dû y aller. Je ne rêve que d'une chose, c'est de me terrer chez moi jusqu'à ce que mort s'ensuive…

— Ah mais non ! Je préfère mille fois m'éclater avec mon amie dépressive que de batifoler dans leur lit pourri. Ah, ça me dégoûte, même ! C'est toi qui me rends service, ma vieille…

— Tu peux arrêter de m'appeler « ma vieille », s'il te plaît ?

— Promis, j'arrête ! dit-il en levant sa main droite solennellement. Mais, toi, arrête de faire cette tronche… Je sais que tu morfles, mais morfle avec classe !

Lorsqu'ils se remirent à marcher, il lui prit le bras d'un geste tonique censé lui redonner un brin d'enthousiasme. Ça la déprima encore plus.

Ils firent un crochet par le Carrefour pour récupérer du gin et du tonic. Alors qu'ils patientaient dans la file pour payer, Moïse sentit qu'il était nécessaire de mettre deux trois choses au point.

— Pas un mot au sujet d'Antoine. On dira qu'il n'avait pas envie de sortir, OK ?

— OK, mais enfin, pourquoi tu veux leur cacher ce qui t'arrive ? T'es pas la première à te faire larguer, ma vieille ! Euh, pardon, dit-il en mettant sa main devant sa bouche avec une expression de culpabilité enfantine.

Le couple d'adolescents qui attendait devant eux, les bras chargés de canettes de bière, pivota pour dévisager la pauvre malheureuse. Oui, c'est bien moi, pensa-t-elle. Elle les fixa sans ciller. Ils se détournèrent simultanément vers la caisse. Moïse articula un « connards » silencieux qui déclencha le rire Raphaël.

Arrivés devant la grille de l'immeuble, ils tombèrent sur Paul et Violette. Ils échangèrent d'affectueuses accolades. Cela faisait un moment qu'ils ne s'étaient pas vus. Avant qu'il ne rencontre Violette, Moïse et Paul avaient pas mal ferraillé dans la nuit. Le célibat endurci de Paul le rendait disponible pour vivre toutes sortes d'aventures nocturnes. Violette et Paul, une quarantaine d'années chacun au compteur, étaient les plus jeunes du groupe. Ils gardaient encore ce halo de lumière sur le visage que tous les autres avaient perdu. Ils étaient beaux, sympathiques, attachants, amoureux. Ils commençaient leur histoire et ils étaient si bien assortis que Moïse n'avait jamais douté que Violette serait là pour longtemps.

Ils traversèrent la cour pavée et joliment arborée comme le onzième en comptait tant puis sonnèrent à l'interphone. Moïse tentait de troquer sa mine moribonde contre une mauvaise esquisse de sérénité.

Une fois dans l'escalier, Paul ralentit pour grimper les marches à ses côtés et lui parler en aparté.

— Alors, ça roule ? la questionna-t-il en lui tapant dans le dos.

Elle fit oui de la tête.

— Et toi, ça va ?

— Moi, c'est le bonheur absolu. Ça paraît presque irréel. Je suis tellement content d'être tombé sur elle. J'ai une putain de chance ! dit-il, ému. Et Antoine, il est pas là ?

— Non, répondit-elle, fuyante. Il n'avait pas envie de sortir…

— OK. Mais ça va, sinon ? insista-t-il, l'air inquiet.

— Ouais, tout va bien…

La voix de Claire qui accueillait joyeusement ses invités à la porte interrompit toute tentative de pousser l'interrogatoire plus avant. À chacun, la maîtresse de maison offrait un rire démoniaque qui signifiait qu'aucun d'eux, une fois le seuil de la porte passé, ne serait autorisé à le franchir dans l'autre sens avant l'aube.

— Ça va, chérie ? dit-elle à Moïse en l'étreignant. Il est pas là, Antoine ?

— Non, il n'avait pas envie de sortir…

— Oh, quel rabat-joie, celui-là ! s'exclama-t-elle en riant. Tant mieux, comme ça tu pourras rester plus tard…

Julien était dans la cuisine. Il s'affairait à enduire une énorme côte de bœuf d'huile d'olive.

— Ah, te v'là, toi ! dit-il en jetant un sourire oblique vers Moïse. Où t'étais passée ?

— Belle bête ! s'exclama Moïse en observant les mains de Julien pétrir la viande avec une voluptueuse délectation.

— Pas mal, hein ? répondit-il fièrement. Alors ? Qu'est-ce que t'as foutu ? J'ai essayé de t'appeler plusieurs fois.

— J'ai bossé… Je me suis remise à écrire…

— Ah, c'est cool ça ! Personnellement je bosse tous les jours, ça ne m'empêche pas de répondre au téléphone…

Elle esquissa une faible grimace puis détourna le regard.

— Quelle mauvaise foi… Tu m'offres un verre ?

— Sers-toi, qu'est-ce que tu veux ?

— Un pastis. T'en veux un ?

— Yes… Mais pas un flan… Tu le dilues bien, hein ?

Elle ouvrit le petit débarras attenant à la cuisine et découvrit la caverne d'Ali Baba.

Elle ne connaissait pas de couple mieux équipé que ses deux amis. Il y avait tant de sortes de verres et d'assiettes qu'elle dut y réfléchir à deux fois avant de choisir ceux qui lui semblaient les plus appropriés au nectar anisé.

Elle songea à l'aménagement ou du moins au non-aménagement de leur propre cuisine. Elle était l'épiphanie de leur existence.

Lorsqu'ils s'étaient installés dans leur appartement, vingt ans auparavant, Antoine et elle s'étaient efforcés de faire ce que les gens font en pareilles circonstances. Ils avaient même consenti à faire une virée exotique chez Ikea pour choisir une cuisine. Mais lorsque celle-ci leur avait été livrée en kit, ils s'étaient vite rendu compte qu'ils étaient incapables de dealer avec ce genre de difficultés concrètes. Plutôt que de songer à demander de l'aide ou même de chercher à comprendre comment ce micmac de boulons, de vis et de planches s'imbriquaient, ils avaient rappelé l'expéditeur suédois afin qu'il vienne récupérer le tout.

Comme à leur habitude, ils s'étaient promis de retenter le coup une fois qu'ils seraient réellement rentrés dans leurs pénates. Deux décennies plus tard, vaisselle et casseroles s'amoncelaient sur une bibliothèque donnant à l'ensemble de la cuisine l'aspect d'un tout récent emménagement.

Alors qu'elle remplissait les verres de pastis, récupérant les glaçons au distributeur du frigo américain, Moïse se dit que leur refus d'opérer le moindre virage d'embourgeoisement avait fait de leur vie un grenier où même ce qui demeurait éclatant était inexorablement recouvert de poussière.

Ce désordre infantile au sein duquel ils s'enorgueillissaient d'évoluer avait sans doute plongé leur âme tourmentée dans plus de confusion encore. Entre le chaos du monde extérieur et celui de l'intimité, ni lui ni elle ne trouvaient plus un seul espace où réfléchir clairement à leur vie.

Elle posa le verre de Julien sur le plan de travail. Il avait délaissé la côte de bœuf pour couper du saucisson sur sa trancheuse électrique de compétition.

— Tchin ! À nous, à toi ! dit-elle avec tendresse en levant son verre.

Il acquiesça d'un hochement de tête, concentré sur ce labeur qu'il menait avec la dextérité d'un professionnel. De l'immense salon leur parvenaient les voix et les rires échangés par les autres invités. Sentant couler sa première gorgée de pastis frais le long de sa gorge, elle eut l'impression que le nœud dans son ventre se desserrait légèrement. L'ambiance chaleureuse qui régnait toujours chez Claire et Julien livrait une nouvelle fois tous ses bienfaits.

— Ça va, sinon ? Quoi de neuf ?

— Rien… Le boulot… Je suis crevé, dit-il avec une pointe de lassitude dans la voix. Mais tout va bien, ça cartonne, je suis content ! dit-il d'un ton enjoué comme pour rattraper la première impression. On est nommés aux Emmy Awards.

— Waouh, c'est génial ! Bravo ! Je suis très heureuse pour toi !

Spontanément, elle se rapprocha de lui et le félicita d'une tape fraternelle dans le dos.

— Ouais, c'est cool, dit-il modestement tout en gardant un œil sur ses mains qui frôlaient dangereusement la lame de la trancheuse.

Rien ne pouvait plus agacer Moïse que les gens – a fortiori ses amis – qui trouvaient plus convenables de témoigner d'une fausse humilité face à une situation qui les faisaient légitimement jubiler. Il y avait parfois plus de grâce à laisser éclater sa joie voire à fanfaronner qu'à faire comme si un événement extraordinaire vous laissait de marbre.

Julien n'avait pas volé son succès. Il avait travaillé d'arrache-pied à se forger une identité picturale singulière et innovante. Aujourd'hui, il était à la tête d'une boîte d'animation dont la renommée dépassait largement les frontières de l'Hexagone. Il fabriquait des films et des jeux vidéo pour toutes sortes de grosses firmes américaines.

C'était un garçon plein de talent qui distinguait sans le moindre complexe l'artisan qu'il était de l'image publicitaire et mythologique de l'artiste. Cette claire distinction l'avait aidé à ne pas se perdre dans des tentatives artistiques où il aurait moins brillé, pour mener très loin et hisser très haut son style de fabrication. Avec le temps, il s'était imposé comme la figure de la French Touch dans l'animation. Bien que ne comprenant rien au sujet, Moïse avait toujours admiré la passion et la détermination qu'il vouait à son art.

— Arrête un peu ton cinéma… T'as le droit d'être heureux ! Tu le mérites… Et je suis fière de toi, dit-elle en le regrettant aussitôt. Elle détestait ce genre de phrases toutes faites.

Il s'esclaffa, un peu honteux d'avoir été pris en flagrant délit de pose. Il prit l'assiette et la lui présenta. Elle fit non de la tête puis ils échangèrent un regard d'affection complice, mesurant tacitement le chemin parcouru.

— On y va ? proposa-t-il avec pudeur tout en se dirigeant vers le salon.

Elle lui emboîta le pas non sans appréhension. Elle craignait que tout le monde ne discerne sur sa face déchirée la trame du désespoir.

Leur arrivée fut acclamée par l'ensemble de leurs amis. Certains étaient déjà lovés dans les confortables canapés. D'autres discutaient debout, un verre à la main.

L'album *Trompe le Monde* des Pixies tournait sur la platine. Réécouter *Alec Eiffel* aspira Moïse des années en arrière. La scène se passait dans ce même lieu. Julien ne connaissait pas Claire. Il faisait constamment des fêtes chez lui. Moïse répondait toujours présente. Elle ne cessait de danser et de boire jusqu'à ne plus en pouvoir. Il y avait dans ce comportement extrême une sincérité à laquelle se mêlait indiscutablement un souci de posture.

Boire et danser sur de la musique qu'elle aimait était certes l'une de ses passions les plus indéboulonnables, mais dans le même temps, elle n'ignorait pas l'effet qu'elle produisait sur l'assemblée.

Cette façon de montrer sa fièvre répondait, depuis son adolescence, à un puissant besoin de se faire remarquer.

L'espace d'un instant, le spectre de gens qu'ils ne voyaient plus réapparurent dans la pièce. Tous arboraient le masque éblouissant de leur jeunesse. Cette vision était la plus belle qui fût parce qu'elle mettait la mort en exergue.

Chapitre 14

Les heures filaient et le niveau des décibels ne cessait de monter, signe que la soirée était lancée. Moïse fumait debout, adossée à la fenêtre. Elle avait passé cette dernière semaine en zombie, comme désintégrée. Cette violente reconnexion à la vie révélait l'ampleur de sa peine. Le bref instant de soulagement qu'elle avait cru éprouver lorsqu'elle parlait à Julien s'était dissous dans les vapeurs d'alcool. Le nœud dans son ventre se signalait par une pression constante et paralysait toute spontanéité. Même la musique en laquelle elle avait si souvent trouvé refuge ne s'avérait d'aucune aide.

Elle n'avait plus goût à rien ni à personne. Où qu'elle regardât, elle ne voyait que des ombres danser sur les murs, des silhouettes abstraites qui se déhanchaient avec frénésie dans un épais nuage de fumée.

À *Reptilia* des Strokes succéda *LA* de Boy Harsher, un duo électro sur lequel Antoine et elle avaient littéralement craqué. Elle regrettait d'être venue.

Les animaux blessés se cachaient pour mourir. Pourquoi n'avait-elle pas leur élégance ?

Claire apparut devant elle sans qu'elle l'ait vue s'approcher. Elle la jaugea avec suspicion.

— Tu vas me dire ce qui se passe ou il faut que j'attende que tu sois complètement soûle ?

— Rien, pourquoi ? répondit-elle en éludant son regard inquisiteur.

— Ne me mens pas, j'ai un sixième sens. Et je ne t'ai jamais vue si éteinte.

— Je suis fatiguée, c'est rien…

Moïse resta résolument mutique. Claire ne cacha pas son inquiétude.

— Alors, tu n'as vraiment rien à me dire ?

Moïse se contenta de remuer la tête. Soudain, son visage s'éclaira faiblement.

À l'arrière-plan de Claire, près de la porte, elle venait d'apercevoir Ulysse qui débarquait d'on ne sait où. Claire se retourna pour voir ce qui attirait son attention puis revint à elle.

— Je t'avertis, ce n'est que partie remise, je ne te lâcherai pas…

Moïse haussa les épaules, refusant obstinément de passer aux aveux. Claire s'éloigna pour aller accueillir Ulysse. Comme à son habitude, le chérubin électrique était bourré de cocaïne mais jugeait nécessaire de surjouer une excitation pour donner à sa fougue une tonalité de désespoir. Il était vêtu d'un costume cintré, dont le pantalon toujours trop court était ponctué d'élégants mocassins qu'il avait toujours la coquetterie de choisir une taille au-dessus de la sienne.

Ulysse nourrissait une double fascination pour les mods et les écrivains Hussards dont il singeait l'élégance et l'esprit frondeur comme un disciple appliqué.

Elle sourit avec tendresse en le voyant agiter son corps maigre et longiligne. Il y avait dans l'image qu'il projetait un brin d'archaïsme qu'elle trouvait séduisant. Il se rêvait en personnage historique ou en héros malheureux de roman. Selon les soirs, il pouvait jouer le dandysme fatigué d'Alain Leroy ou l'héroïsme romantique de Fabrice del Dongo.

Ulysse avait une place à part au sein de leur groupe. Il y faisait figure d'invité particulier, celui qui amusait mais dont on redoutait constamment le mot ou le geste de trop.

Parmi leurs amis, beaucoup avaient du mal à tolérer les idées d'extrême droite qu'il lâchait à la cantonade dans le seul but de choquer. Les autres, dont Moïse et Antoine faisaient partie, ne prenaient pas celles-ci au sérieux. Ils percevaient dans son obstination à provoquer une façon de vaincre son ennui et d'apaiser sa frustration de n'être pas né à une époque où l'histoire lui aurait donné le choix d'être un salaud ou un brave. Quant à ses prétendues idées, elles n'étaient là que pour servir son art de l'estocade.

Lorsqu'à son tour, il aperçut Moïse, il se précipita sur elle et la prit dans ses bras.

— Ma princesse… Tu m'as manqué… Tu me manques à chaque instant…, déclara-t-il avec lyrisme.

— Salut, bel Ulysse ! Je suis heureuse de te voir, répondit-elle en lui opposant une sobriété sincère. Comment vas-tu ?

— Je vais bien maintenant que tu es face à moi ! Que ferais-je de ma vie si tu n'existais pas ?

— Arrête ton cirque ! dit-elle en s'esclaffant.

— Je ne plaisante pas ! rétorqua-t-il en se redressant d'un coup, fièrement drapé dans sa dignité. La vie est d'un tel ennui ! Je pense chaque jour au suicide !

— Écoute, ça tombe bien, moi aussi…, lâcha-t-elle avec une légèreté qui la surprit.

Elle se sentait mieux depuis qu'il était là.

— Non, toi, tu n'as pas le droit de mourir, je te l'interdis ! Viens, dit-il en l'entraînant par la main, « Papa » te fait un trait. Et puis après, on s'enfuira à Saïgon !

— Je suis au regret de t'informer que Saïgon n'existe plus, releva-t-elle en le suivant le long du couloir obscur qui menait à la salle de bains.

Il s'arrêta net et se retourna vers elle, la fixant d'un regard intense.

— On s'en fout ! Le monde sera ce qu'on voudra, il est à nos ordres, tu m'entends ?! déclara-t-il solennellement. Toi et moi, on a l'éternité à nos pieds… Viens !

Alors qu'elle se penchait sur son trait, Ulysse faisait les cent pas près des lavabos, les longeant comme des falaises. Cet étrange garçon lui avait toujours donné l'impression d'être à deux doigts de se jeter dans le vide. Comme s'il voulait être l'auteur d'un seul chef-d'œuvre, un chef-d'œuvre ultime, définitif.

Au cœur de son agitation, il déclamait de belles choses sur l'horreur que lui inspirait l'existence. Elle aimait l'écouter. Était-il son ami ? Il était si différent des autres… Non, il n'était pas son ami. Il était un frère d'armes dans une guerre qui n'avait pas lieu.

Soudain, il s'immobilisa et s'interrompit.

— Mais où est mon héros, celui pour lequel je pourrais donner ma vie ?! l'interrogea-t-il, le visage masqué d'un sérieux surjoué.

— Je ne sais pas…, dit-elle, empêchant sa voix de décrocher.

— À Petrograd ? Dans les fumeries d'opium de Constantinople ? s'amusa-t-il encore à supposer d'une voix précieuse. Partons immédiatement à sa recherche !

— Je ne sais pas où il est…, répéta-t-elle. Quand bien même tu le voudrais, tu ne pourrais pas partir… Tu as ton boulot, dit-elle, se reprochant aussitôt de se montrer si terre-à-terre face à lui.

— Papa t'a pas dit ? Ces connards l'ont viré ! J'ai changé de secteur… La *schmatte*, c'est bel et bien fini pour moi !

— Ah bon, mais que s'est-il passé ? le questionna-t-elle, soulagée de quitter les obscures rives de l'auto-apitoiement pour épouser les méandres burlesques de la vie d'Ulysse.

— Oh, je me suis fait virer… Une sombre histoire de pourcentage accordé à un ami.

Cette sombre histoire était très claire. Elle durait depuis longtemps. En bon cocaïnomane, Ulysse était toujours à court d'argent. Responsable d'une boutique de prêt-à-porter haut de gamme, il avait eu l'ingénieuse idée de payer ses dealers en leur accordant de larges ristournes sur les vêtements.

— La sombre histoire de trop, le railla-t-elle.

— Ouais, possible…, acquiesça-t-il d'un ton détaché. Mais tu connais Papa, il a de la ressource. Je te présente le nouveau conseiller funéraire de Lumineuse Éternité !

— C'est pas vrai ? bredouilla-t-elle en éclatant de rire.

Il lui sembla qu'elle n'avait pas ri depuis des siècles et cela lui fit presque mal.

— J'te jure ! affirma-t-il, visiblement ravi de l'effet produit par son annonce.

— Franchement, du mort ou de ses proches, on se demande pour qui on doit le plus pleurer, lâcha-t-elle entre deux hoquets.

— Je savais que ça allait t'amuser…

Imaginer un type comme lui en train de conseiller tel ou tel cercueil à des familles éplorées était cocasse, mais une part d'elle se chagrinait de le voir se perdre dans ces conflagrations funestes. Soudain, elle reprit son sérieux.

— Mais enfin, Ulysse, qu'est-ce que tu fous ?

Aussitôt une ride scinda son front en deux.

— Comment ça, qu'est-ce que je fous ?

Il lui opposait sa perplexité avec une telle franchise qu'elle se sentit presque embarrassée d'avoir posé cette question.

— J'sais pas, balbutia-t-elle, tu me répètes souvent que tu voudrais écrire un livre…

— Ah, c'est ça ! s'exclama-t-il. Mais je dis ça pour rigoler ! J'en ai rien à foutre d'écrire un livre ! Je vais me faire chier et je vais crever la dalle, c'est ça que tu envisages pour Papa ? Non, ma princesse, très peu pour moi ! Je préfère encore mettre des macchabées dans des boîtes !

— T'as raison, excuse-moi, c'est nul…

Elle alluma une cigarette pour flouter l'expression de honte qui redessinait sa figure.

— Non, non, t'excuse pas, je voudrais juste comprendre… Tu penses que je gâche ma vie à faire ces conneries, c'est ça ? Tu penses que tu fais mieux, que les autres font mieux ?

La douceur avec laquelle il lui parlait frappait plus fort que s'il avait choisi de la remettre à sa place en l'agressant.

— Non, pas du tout, concéda-t-elle, ne voyant plus rien devant elle sinon ses propres doutes. Je t'ai dit que je regrettais… Je te demande pardon, c'est toi qui as raison.

Il y eut ces deux bonnes minutes où ils stagnèrent dans la moiteur de cette salle de bains, face à face, comme deux étrangers. Moïse se retenait de pleurer.

— Tu le sais, je t'admire et je t'aime infiniment mais parfois, je te trouve d'une bêtise abyssale. Je ne sais pas si Antoine est vraiment parti mais s'il l'a fait, c'est sûrement à cause de toutes ces conneries rigides qui encombrent ton cerveau, articula-t-il, impavide.

Il venait de lui asséner le coup fatal. Elle sentit les remparts de pudeur céder.

Ses sanglots explosèrent sans qu'elle pût intervenir. La lave trop longtemps contenue brûlait les chairs à vif.

Ulysse resta immobile, comme paralysé par la réalité de la situation.

— Pardon… Ma sublime reine de Saba… Pardon… Ne pleure pas…, la supplia-t-il en s'agenouillant devant elle. Je suis un vrai con !

Il lui prit la main, la baisa plusieurs fois mais elle la retira et s'enfuit de la salle de bains puis de la soirée. Alors qu'elle dévalait l'escalier, elle entendit Claire et Ulysse hurler son nom depuis le pas de la porte et se lancer à sa poursuite mais elle les sema.

Elle détestait sa sortie pornographique. Perdre ses illusions n'était rien face à la conviction qu'on ne pourrait plus jamais les remplacer.

Chapitre 15

Elle marcha d'un pas alerte jusqu'au pont d'Austerlitz. De là, Paris ressemblait à une femme alanguie dans l'air chaud et délicieux. Ce parfum d'été combiné à la splendeur éternelle de la ville la plongea dans un état hypnotique qui lui offrit le miracle de quelques instants d'agnosie.

Mais la magie n'opéra pas longtemps et dès qu'elle revint à elle, elle sentit le poids de la fatigue peser doublement sur ses épaules. Bien qu'elle n'eût plus du tout envie de rentrer, elle se força à rebrousser chemin. Rentrer revenait à consentir à passer des jours et des semaines à attendre une lettre, un coup de fil, n'importe quoi.

Elle n'avait plus connu cet état d'attente angoissée et obsessionnelle depuis des dizaines d'années. Elle s'était toujours dit qu'avec l'âge et l'expérience, elle ne serait plus capable d'une telle dépendance. Mais elle s'était trompée… Ce soir, elle avait seize ans et la totalité de son être était suspendue à un signe d'Antoine.

Elle alluma une cigarette et prit la décision de traîner dans son quartier, repoussant le moment où elle devrait retrouver un lit déserté de toute promesse. Elle était mieux dehors. Elle s'y sentait à l'abri, unique détentrice du secret de ce scandaleux naufrage qui s'avérait d'autant plus scandaleux qu'il ne l'était que pour elle-même.

Mais elle comptait sur la force de la chute. À un certain niveau de désespoir, l'esprit retrouve une forme d'apaisement, il ralentit. D'une manière ou d'une autre, elle avait toujours entretenu un rapport vague voire irréel avec le temps. Une petite voix lui susurrait : « Au fond, avoue-le, une part de toi jouit de cette plongée au cœur d'une errance à laquelle tu as toujours rêvé. Te voilà livrée à toi-même. Libre, lente. Et sans avenir. »

En arrivant place Léon-Blum, elle fut surprise de constater combien la circulation restait dense malgré l'heure tardive. Pris dans les phares des voitures, les hommes et les femmes se rejoignaient dans un même et seul camp, celui des silhouettes. Il y avait quelque chose de cinématographique et de captivant dans la série d'instantanés qui marquaient sa rétine d'une puissante vividité.

Elle pénétra dans une brasserie auvergnate ouverte vingt-quatre heures sur vingt-quatre. Les clients étaient nombreux à se presser autour du zinc et à occuper les banquettes. Les tables étant réservées aux dîneurs de nuit, elle se fraya un chemin vers le comptoir.

Partout régnait une ambiance festive et typiquement parisienne. Les bruits de couverts se mêlaient aux conversations joyeusement avinées. La mémoire de Claude Sautet flamboyait dans ce lieu et s'ils n'avaient pas été morts, nul n'aurait été surpris de voir Michel Piccoli et Serge Reggiani débarquer, cigarette au bec.

Elle commanda un whisky. C'était une fantaisie esthétique, elle n'en buvait jamais. Mais elle savait que la saveur tourbée du liquide la remplirait de chaleur et de réconfort. Elle but le verre cul sec et fit signe au serveur de la resservir.

Elle essuyait des regards, des gens lui glissaient des choses dans l'oreille. Des choses dont elle n'avait que faire. Toute son attention était fixée sur Bashung dont la radio diffusait *Aucun express*.

Son téléphone qui vibra au fond de sa poche vint troubler ce moment suspendu où l'image, le son et la sensation s'accordaient dans une pure synchronicité.

Elle se dit que le message devait venir de Claire ou de Julien dont son départ précipité avait sans doute provoqué l'inquiétude. Mais ce message ne venait ni de Julien, ni de Claire.

Il venait de Zac.

« Il est à Athènes. Viens. »

Troisième partie

Souviens-toi de la beauté des ruines

Chapitre 1

Antoine hurla et ce hurlement le sortit d'un sommeil qu'il ne réussissait à dompter qu'après quelques verres de gin bien tassés. Il n'en revenait pas. Il entendait encore l'écho de ce cri qui paraissait émerger d'un temps immémorial ou de souvenirs inventés.

« Toi qui entres dans la vie, abandonne tout désespoir… » C'était la dernière phrase qu'il avait entendue avant de se réveiller en sursaut.

« Toi qui entres dans la vie, abandonne tout désespoir… » Était-ce Dieu qui lui avait donné ce conseil dès qu'il était venu au monde ? Était-ce ce même Dieu qui le rappelait à l'ordre ? Qui que cela pût être, c'est ainsi qu'il avait toujours vécu sa vie, dans une saine indifférence pour ce que les gens appellent les grandes passions.

Au loin résonnaient les chants lyriques des popes orthodoxes de l'église Agios Meletios. Il jeta un œil embrumé sur la place vide à côté de lui. Aussitôt, il trouva ce réflexe stupide. Il savait bien qu'il n'y avait personne. Cela faisait un bon moment qu'on le fuyait. Ses choix faisaient peur. Ses mots dérangeaient. Les femmes, surtout. Il avait remarqué qu'avec le temps, beaucoup de celles qui l'entouraient avaient perdu de leur fantaisie. Par un étrange mouvement simultané, les hommes avaient emprunté un chemin inverse. À force d'exister, les hommes finissaient par se gausser d'à peu près tout.

Seule Moïse avait tenu bon. Elle était restée à ses côtés, remisant sur lui chaque jour sans se soucier des perspectives qu'un autre aurait pu lui offrir. Elle n'attendait rien d'autre que l'expression de la singularité qu'elle avait perçue chez lui la première fois. Avec le recul, il se disait qu'elle s'était accrochée à leur relation plus par entêtement que par amour. Elle était de ces êtres qui préfèrent donner raison à une vision passée au mépris de leur joie présente.

Mais durant les derniers mois qu'ils avaient passés ensemble, elle, dont les rires intempestifs faisaient trembler les murs, ne souriait plus que rarement. Les émotions dépassaient son aveuglement. La vérité des sensations la mettait face à elle-même. L'idée qu'elle s'était faite de leur histoire n'était peut-être qu'un songe.

Dès lors, l'expression enfantine qu'elle avait gardée malgré l'âge avait changé. La frustration se mit à dessiner d'affreuses mimiques sur son visage qui filait à l'aveugle vers le naufrage.

C'était l'une des raisons pour lesquelles il avait fini par trouver le courage de partir. Revoir Zac et écouter ce qu'il lui disait d'Athènes avait donné une destination, sinon une étape, à ce songe qui l'habitait depuis un moment.

Au point où ils en étaient, la réparation n'était presque plus envisageable. La réparation ! Elle n'avait que ce mot-là à la bouche… Elle avait dégoté cette ânerie dans des livres de philosophie juive et le bassinait depuis avec ça. Quant à lui, ces concepts culpabilisants l'intéressaient assez peu.

D'après ce qu'il en avait saisi, la réparation du monde, le *Tikkun Olam*, disait que tout juif en mourant se devait de quitter un monde en meilleur état que celui qu'il avait trouvé en arrivant. Il plaisantait souvent en lui faisant remarquer que ce message divin n'était pas parvenu à tous les membres de sa communauté.

Moïse n'avait rien trouvé de mieux que d'adapter ce concept à leur propre monde. Ce même monde qu'ils avaient créé et dans lequel ils n'avaient vécu qu'à deux excluant toute idée d'enfants, elle ne pouvait envisager qu'en partant, elle le laisserait détruit.

Plus elle invoquait les grands idéaux, plus l'aigreur empoisonnait son sang. Pour chacun était venu le temps des regrets. Il avait été surpris de constater qu'elle traversait ce temps aussi désarmée qu'un nouveau-né.

Voilà qu'elle exigeait d'être heureuse ! Prise au piège de ses propres choix, elle s'affolait, parfois…

Elle cherchait le secours des tours de passe-passe, des effets de manche, des grandes idées. Elle ne cessait de poser des questions, ça le rendait fou. « Alors, c'est comme ça, il n'y a pas de retour en arrière possible ? » le questionnait-elle en larmes. Non, pas de retour en arrière possible. C'est ce qui donnait du prix à leurs choix. En reniant les siens, se rendait-elle compte à quel point elle se rabaissait ?

C'était peu probable tant la colère l'aveuglait.

« Je méprise ta façon de trouver la joie dans ce que tu as sans chercher quoi que ce soit ailleurs… Ton ascétisme dans la légèreté me décourage ! Quelle place ai-je dans ta nouvelle retraite ? » demandait-elle encore naïvement.

Elle avait pour lui des mots très durs. Et elle commençait vraiment à l'agacer avec son nouveau charabia puéril et ampoulé sur ce qu'elle espérait, ce qu'elle méritait, ce qu'il était éthique de faire, ce qu'elle se refusait à vivre…

Ce qu'elle refusait surtout c'était d'affronter une réalité plus tangible. Le vent avait tourné. Elle avait vieilli. Et elle réalisait qu'en dépit de son énergie vitale hors normes, quelque chose en elle était en train de s'effondrer inexorablement.

Pour vibrer, il lui faudrait désormais compter sur la pose et le mensonge qu'on se fait à soi-même. Mais contrairement à lui, Moïse n'avait de talent ni pour l'un ni pour l'autre. La sensation d'extase lui avait toujours fait défaut. C'était aujourd'hui qu'elle en avait le plus besoin. Elle, qui avait toujours été douée pour la vie, commençait une descente forcée vers ses souterrains obscurs.

Antoine aussi devenait cruel. La faiblesse affichée de Moïse attisait ses plus bas instincts. Elle renforçait ce sentiment de puissance qu'il avait pris soin de nourrir chaque jour à travers un grillage de morale, comme une bête sauvage en captivité. Il prenait un malin plaisir à ne pas brider sa méchanceté. Au fond, il avait toujours jalousé son talent pour l'existence. Maintenant, une part de lui jubilait de la voir tituber.

Pour le reste, le sens de leurs discussions peinait désormais à se trouver des coïncidences. La plupart du temps, leurs pensées s'affrontaient comme deux ennemies. Les mots qu'ils chérissaient et qu'ils maniaient avec adresse comme deux athlètes de la conversation étaient leurs armes. Et la guerre s'avérait parfois sanglante.

Antoine devait bien convenir qu'ils continuaient de s'aimer malgré les blessures. Mais privé de la magie de l'entente et de la vision commune, leur amour se retrouvait nu, à poil, décharné.

Même au plus fort de leur guerre, Moïse s'obstinait à nier le fait qu'ils n'arrivaient plus à vivre ensemble. Entêtée dans son obsession de réparer, elle s'aveuglait. Elle croyait que sans la combler, ce déni d'une fin sans achèvement la sauverait de la détresse. Elle avait toujours tendance à associer la fin à l'échec, la réplétion à la mort. C'était un talon d'Achille qui la rendait boulimique des choses qu'elle aimait, monstrueuse d'une appétence désespérée. Moïse l'ogresse ! Même si elle s'en défendait par snobisme, tout chez elle montrait qu'elle adorait la vie.

Telle est l'autre sanction qui attend certains êtres qui passent les cinquante ans.

Ils commencent à sentir un désintérêt pour un monde qu'ils s'étaient construit et qu'ils vénéraient. Les amis qu'ils fréquentaient assidûment leur deviennent dispensables. Il leur arrive même de les trouver agaçants.

Une nuit où l'air est un peu trop lourd, où ils sont rentrés un peu trop tôt, ils font l'état des lieux. L'énergie pure les a quittés sans préavis. Ils ont tout fait pour l'ignorer mais voilà déjà quelque temps qu'ils miment la personne qu'ils étaient avant. Et peu à peu, leur jeu d'acteur incarnant leur propre rôle a fini par ne plus être convaincant, ni pour les autres ni pour eux-mêmes.

Tout juste tolérés, ils n'attirent plus vraiment l'attention. On ne les rejette pas encore, mais ça viendra bientôt.

Plus vieux de quelques années, Antoine avait vécu l'expérience de l'effacement social avant Moïse. Il en avait souffert. Mais ce dont il avait le plus souffert était l'image défaite, dégradée de sa beauté. Il allait falloir compter sans. C'était un deuil extrêmement difficile à faire car très tôt, avant même de savoir parler, il avait senti la récurrence des regards sur lui. Certains exprimaient de la fascination, d'autres de la jalousie ou de l'animosité. Après s'en être étonné, il n'avait pas tardé à comprendre qu'il possédait un trésor qui ne s'achetait pas, un trésor que le monde entier désirait au-delà de toute richesse. Il était servi… Alors, il prit des réflexes capricieux et, en lui, s'insinua une illusion d'éternité. Son rapport à l'altérité ne s'épanouit que par le prisme de l'image qu'on lui renvoyait. La beauté s'imposa comme un souffle vital sur lequel toute sa vie reposait. En la lui volant, le temps l'avait asphyxié.

Il connut une période de cruauté terrible durant laquelle il ne pouvait pas même supporter d'apercevoir son reflet dans une vitrine. Cela dura une petite année avant qu'il ne songeât à renaître autrement. Il prit le parti de se rendre moins visible. Peu à peu, il tenta de rayer la nuit de sa vie. Une nuit sans regards et sans prouesses se tolère mieux cloîtré dans une chambre en compagnie de soi-même. Il s'habitua à cette nouvelle existence, finit même par jouir de sa frugalité. Mais Moïse détestait ses nouveaux choix. Sa transformation l'éloignait d'elle.

Alors qu'il pouvait comprendre et compatir mieux que personne à la douleur de sa compagne, il eut la réaction inverse. Il l'observa s'accrocher, la jugeant parfois pitoyable dans sa façon de ne pas vouloir épouser la vague du temps. Il avait toujours considéré qu'à la différence de lui, elle était un être assez plein pour négocier ce virage. C'était à croire qu'elle avait trompé son monde et ne s'était toujours affirmée que par la séduction et le désir des autres.

Maintenant, elle abattait en chaîne les cartes de son jeu mal truqué. Il n'y avait vraiment rien pour remporter la partie. Malgré tout, il continuait de la considérer comme une fille intelligente, mais une fille à qui le temps disait non.

Moïse en voulait à Antoine de ne pouvoir la sauver.

Le couple est une étrange contrée où ils avaient fini par se perdre.

Chapitre 2

Moïse ouvrit les yeux et, l'espace d'une seconde, s'étonna d'être là. Mais elle reprit vite ses esprits et identifia sa chambre.

Vivre à Athènes demeurait une surprise pour elle. Elle appréciait cette pièce aux murs blancs et nus, et qui avait pour seul meuble un grand lit. Deux portes-fenêtres protégées de persiennes d'un bleu qu'elle n'avait jamais vu avant lui faisaient face. Elle aimait tant ce bleu qu'elle multipliait les occasions de rester dans son lit pour le contempler. Mais la nuit, le bleu devenait d'un noir sans nuances sur lequel elle pouvait projeter ses paradis perdus. Alors, elle savait qu'une autre vie allait commencer. Une vie qui ne cheminerait qu'à rebours.

Les années qu'elle avait passées avec Antoine avaient été magiques de créativité et d'enfance. Et lorsqu'après une interminable agonie, tout s'était arrêté, elle avait eu l'impression qu'elle ne survivrait pas à cette mort. Toute idée de fin lui était insupportable. Elle avait scandé sa réparation comme un concept dérobé à sa vie. En réalité, avait-elle fait le moindre geste pour réparer ? Non, elle avait fait la guerre pour s'imposer, et en découdre sans fièvre.

Finalement, c'était lui qui l'avait quittée. Mais à sa grande surprise, et alors qu'elle en était privée, elle revivait le passé avec ardeur et en mesurait la beauté atypique. C'était parce que cette relation n'était plus qu'elle accouchait d'elle-même.

Quelques jours après avoir reçu le message de Zac, elle avait sous-loué son appartement à une connaissance et quitté Paris pour voler vers Athènes.

Zac l'avait aidée à trouver ce petit deux-pièces dont le loyer dérisoire lui permettait de travailler à son livre sans être parasitée par des problèmes d'argent. Que la menace du manque d'argent fût provisoirement absente de sa vie lui permettait d'en sentir le poids.

Elle vivait à Athènes depuis deux mois seulement, mais avait développé pour la ville un amour épidermique.

L'adieu forcé à Antoine l'avait placée hors champ. À une période de deuil et de reniement nécessaires, avait succédé un début de réconciliation avec elle-même. Cette renaissance lui avait offert la joie de revisionner les séquences de son existence et, mieux encore, d'en retrouver la substance.

Elle n'avait pas revu Antoine. Il avait commencé à lui envoyer des e-mails peu de temps après son départ. Il lui racontait les sensations que lui procurait sa nouvelle vie. Entre les mots, elle percevait le secret et l'allant insufflés par la ville.

Antoine ignorait qu'elle était là, toute proche. Il la croyait encore à Paris. Plusieurs fois, elle avait été tentée de le lui révéler mais s'était ravisée par peur de détruire le nouvel équilibre que cette correspondance avait instauré entre eux.

S'écrire leur permettait de s'entendre à nouveau. En outre, il n'y avait pas d'urgence. À la douleur vivace qui l'avait tétanisée durant plusieurs semaines s'était substitué un état de rêverie cotonneuse qui la plaçait à la jonction du passé et du présent. Elle arrivait à jouir de sa solitude et de cette tranquillité absolue qui redonnaient du sens à son histoire.

Depuis que bien des choses et des êtres l'avaient abandonnée, remontaient en elle des souvenirs surprenants. Et par l'étrange magie des vases communicants, d'autres choses vécues et d'autres êtres connus émergeaient des abysses d'un oubli lointain. C'était à croire que le vide laissé par ces abandons successifs ne pouvait survivre à sa propre béance. Sans qu'elle ait même l'idée de les convoquer, ses fantômes revenaient pour lui tendre la main et lui sourire. Elle les croyait morts, ils étaient bien vivants. Beaucoup d'entre eux avaient fait partie de son adolescence. Cela ne la surprenait pas. Elle n'avait jamais vraiment quitté cette période. Sa mère, Antoine, ses amis, la disaient immature. Dans leurs bons jours, ils s'amusaient de ses réactions puériles. Le reste du temps, ils s'exaspéraient de sa fragilité émotionnelle et l'accusaient de sensiblerie. En réalité, ils étaient comme la plupart des gens de leur âge, rompus aux petits coups et aux bassesses dont ils étaient tantôt acteurs tantôt victimes, coups sur lesquels, d'ailleurs, ils n'avaient plus une seule larme à verser. *Fade to grey*...

Comme chaque matin, les persiennes laissaient filtrer de petits segments de lumière alignés à l'horizontale dont l'ombre se projetait sur le mur d'une blancheur virginale. Ces segments lui évoquèrent les pages d'un Sefer Torah. Elle se dit que c'était sûrement dû au fait qu'aujourd'hui était le cinquième anniversaire de la mort de son père. Sa mémoire lui suggérait des images mystiques...

La sonnette de la porte retentit plusieurs fois avec insistance. La mélancolie de Moïse se mua en tendresse. Elle pouvait identifier Varvara à sa seule façon de sonner. Elle sortit de son lit en vitesse et courut jusqu'à la porte.

— *Kalimera Moïse !*

— *Ya Sas, Varvara. Ti Kaneis ?*

Varvara était une petite femme énergique et fantaisiste. Elle avait fui la dictature des colonels pour se réfugier à Munich. Dans cette ville riche et industrialisée, elle avait vite trouvé un travail d'ouvrière dans une usine BMW où elle était chargée de revêtir les sièges des berlines d'un cuir haut de gamme.

Quarante années durant, elle avait répété les mêmes gestes, au point d'en garder des stigmates douloureux à certains endroits du corps. En dépit du racisme des Munichois à l'égard des Grecs, Varvara disait avoir aimé l'Allemagne dont elle appréciait l'ordre et l'organisation. De ce point de vue-là, retrouver le joyeux bordel athénien avait forcément déclenché un choc civilisationnel.

Elle se tenait là avec son regard clair et son sourire généreux. À elle seule, elle incarnait ce pays blessé où la chaleur et la solidarité entre les hommes n'étaient pas de lointains idéaux sur lesquels aimaient fantasmer les bonnes âmes.

Elle lui tendit une assiette en lui faisant comprendre qu'elle avait cuisiné pour elles deux.

— *Efkaristo para poli !*

Comme toujours, Moïse ajouta qu'il ne fallait pas, que c'était trop, mais elle récupéra l'assiette. Le hasard avait bien fait les choses. Varvara était une excellente cuisinière et Moïse passait de nombreuses heures de sa journée à penser à ce qu'elle allait, voudrait, rêverait de manger. Moïse l'ogresse ! C'est comme ça qu'Antoine l'appelait. « Moïse l'ogresse ! Moïse l'ogresse ! »

Ces deux femmes qu'une génération séparait vivaient seules dans leur appartement du deuxième étage de ce petit immeuble situé à la frontière des quartiers populaires de Sepolia et de Colonos. Par Zac, Moïse avait appris qu'Antoine ne vivait qu'à quelques encablures de chez elle. En dehors du fait que Sophocle y était né, la proximité de son compagnon conférait à son quartier une valeur unique.

Depuis que Moïse s'était installée en Grèce, sa mère lui manquait beaucoup. Les kilomètres qui les séparaient mettaient en exergue l'importance du lien qui l'unissait à elle. Sans rien connaître de ses manques, sa voisine adoucissait sa peine par chacune de ses attentions. L'une et l'autre avaient trouvé une place confortable dans un rapport filial qui les comblait. Leur seule langue commune était celle du corps. Varvara parlait l'allemand et le grec. Moïse n'en balbutiait que quelques mots. À défaut d'une réelle conversation, elles s'étaient prises à des jeux d'actrices burlesques, mimant ce qu'elles voulaient faire passer à l'autre avec grand soin. Ce moyen d'échanger les amusait beaucoup. La chimie et l'instinct faisaient le reste. Leur affection réciproque grandissait chaque jour davantage. Elles avaient su qu'elles étaient faites du même bois dès le premier regard échangé.

D'ordinaire, Moïse aurait proposé à Varvara de partager le repas. Mais aujourd'hui était un jour de mémoire et de recueillement où la solitude s'imposait. Elle remercia Varvara et referma la porte sur son nez un peu trop rapidement.

L'assiette encore chaude entre ses mains et le parfum de cannelle qui s'en exhalait lui procurèrent une sensation de réconfort. Elle récupéra des couverts dans la cuisine et alla s'asseoir sur le canapé qui faisait face à son grand bureau en bois. Ce bureau, elle l'avait trouvé dans un dépôt-vente. Elle l'adorait pour l'histoire qu'il racontait. L'ensemble du plateau était gravé au stylo par une certaine Christina. Il y avait ses groupes préférés, AC/DC se disputait l'espace avec Pink Floyd ou U2. Revenait également un prénom, un certain Kostas inscrit à plusieurs endroits accompagné de cœurs dessinés au stylo rouge. La plupart des Kostas étaient barrés d'une croix, mais elle en avait oublié certains qui restaient vierges de toute trace de désenchantement.

À force de scruter les multiples infos que délivrait ce bureau sur l'adolescence de cette fille, Moïse avait fini par développer une étrange intimité avec elle. Cependant, elle jaugeait parfois le meuble avec méfiance. Elle le craignait. Elle appréhendait le mauvais coup, celui d'y retrouver l'assèchement qu'elle avait connu ces dernières années et dont elle subissait encore le traumatisme. Parfois, elle songeait même à s'en débarrasser. Se mentant sciemment à elle-même, elle prétextait qu'il était un peu trop imposant pour son petit salon. Mais en réalité, tout ce cirque n'était que la manifestation de son penchant pour la superstition. Non seulement son livre avançait assez bien, mais désormais, il remplissait toute sa vie.

Elle détourna son regard de lui et ôta la feuille d'aluminium qui recouvrait l'assiette. Elle découvrit trois petites aubergines farcies soigneusement dressées en parallèle. L'espace d'un instant elle entrevit trois cercueils ; celui de son père, celui de son histoire avec

Antoine et enfin celui du livre qu'elle craignait de ne pouvoir finir.

Elle sourit tristement et tenta de chasser sa noirceur en se mettant à imaginer Antoine assis à ses côtés sur ce même canapé. Par peur d'être entendu de leur aimable voisine, il lui aurait sans doute chuchoté qu'il détestait les aubergines, puis aurait fini par les dévorer. Moïse se serait esclaffée avant de lui faire remarquer qu'avec lui, rien ne pouvait débuter autrement que par un non. Il se serait sûrement défendu en lui rétorquant qu'elle passait sa vie à dire oui.

Si l'on s'en tenait à leurs penchants naturels, ils étaient les deux êtres les plus dissemblables qu'on pouvait trouver sur cette terre. Ils s'étaient retrouvés dans une quête enfantine de grâce et de pureté qui les avaient rendus incapables de se conformer au monde.

Moïse était persuadée que, contrairement à une idée répandue, les gens se reconnaissaient bien plus sur leurs failles que sur leurs goûts communs. Les leurs étaient faites d'inadaptation, de profonde insatisfaction, de colères immémoriales auxquelles chacun opposait son style de résistance. En ce sens, le fait qu'ils avaient été précipités à Athènes n'était peut-être pas tout à fait dû au hasard. Les dieux n'avaient jamais cessé de planer dans leur ciel et veillaient à leur accomplissement. Pour le pire et pour le meilleur.

Chapitre 3

En sortant de chez lui, Antoine décida de retourner flâner à Akademia Platonos. Ce quartier, qui continuait de porter le nom de l'école fondée par Platon en 387 avant Jésus-Christ, se résumait à un grand parc où chiens et enfants venaient jouer, et à quelques échoppes et terrasses où les habitants aimaient se retrouver autour d'un café glacé ou d'un ouzo.

En dépit de son nom qui en imposait, l'ensemble des rues qui entouraient le parc rendait plutôt une impression de négligence et d'abandon. Les façades des vieux immeubles étaient, pour la plupart, grises, fissurées et n'avaient pas été ravalées depuis leur construction dans les années 60. Pourtant, il y régnait une ambiance de village, douce et agréable. Et une observation attentive de la population et des nouveaux établissements qui fleurissaient sur la place donnait à craindre qu'elle ne garderait pas bien longtemps ce charme désuet.

À l'instar de nombreux quartiers limitrophes du centre, l'Akademia Platonos se préparait à un avenir gentrifié, où son identité millénaire serait troquée contre l'illusion d'un luxe propret et uniformisé. Antoine avait appris que les résidents du quartier venaient de gagner une bataille féroce contre la municipalité. De gros promoteurs immobiliers n'avaient rien trouvé de mieux que d'avoir le projet de transformer ce lieu mythique en un immense centre commercial où ils déboulonneraient la statue de Platon pour y fixer le clown de McDonald's.

Antoine aimait longer les allées du parc et imaginer le philosophe, juché sur une des pierres antiques encore en place, en train d'enseigner à penser plus haut et plus beau que soi à un parterre de disciples attentifs. Dans ces moments-là, il se sentait immensément chanceux de fouler ce sol et de respirer l'air aux effluves d'éternité.

Peu de villes dans le monde offraient à l'imagination une si vaste envergure pour se déployer. Telle était Athènes qui vous permettait de jouir d'un univers à la fois millénaire et futuriste. Il vous suffisait de faire quelques pas pour passer de l'un à l'autre.

Antoine ne se faisait guère d'illusions. Un jour, toutes ces aspérités délectables seraient lissées par la grande lessiveuse de la mondialisation. Mais pour l'heure, des bribes de la culture grecque éternelle continuaient de s'abandonner aux âmes qui savaient s'y prendre pour les étreindre. L'une d'elles s'incarnait dans ce vieux *kafeneio* situé en lisière du parc. Antoine y passait beaucoup de temps. Les *kafeneia* étaient ces cafés traditionnels où les Grecs de toutes générations venaient consumer leur temps avec indolence. Le sien n'était fréquenté que par des hommes âgés.

On disait que les temps avaient changé et que les femmes y étaient maintenant tolérées, mais dans ce lieu qui lui avait fait de l'œil dès la première fois, il n'avait jamais croisé la moindre silhouette féminine. Bien qu'il trouvât ce machisme particulièrement suranné, une part de lui était sous le charme de l'orientalité de la ville.

Tout ici lui apparaissait insolite, à commencer par la paresse voluptueuse qui se dégageait de cet éden fait de bric et de broc. Le petit *kafeneio* disposait d'une dizaine de tables en bois ou en métal et de chaises dépareillées. Un immuable nuage de fumée recouvrait le plafond, créant un dais flou entre la salle et la lumière au néon.

Les retraités enchaînaient les cigarettes, se moquant bien que l'Union européenne ait décidé de leur interdire ce plaisir. D'ici, l'Europe et ses principes paternalistes semblaient tout au bout du monde.

Tout cela n'avait l'air de rien mais pour Antoine, c'était l'Amérique.

Lorsqu'il pénétra dans le lieu, Stavros, le patron, dont la gaieté naturelle n'avait rien d'outré, lui sourit de toutes ses dents et lui fit un signe chaleureux de la main depuis son comptoir. Il avait la quarantaine et devait probablement se réjouir d'avoir parmi ses habitués un client dont l'âge n'avoisinait pas les quatre-vingts ans.

Antoine s'installa à sa table préférée, celle qui jouxtait la vitre. De là, il pouvait contempler les allées et venues des passants et sentir l'énergie du parc tout proche sans en subir le bruit.

Depuis qu'il était arrivé, il n'avait pas eu le temps de s'ennuyer. Il avait l'impression de voir et de vivre chaque chose pour la première fois. Et puis, fouler le sol hellénique avait créé chez lui une sorte d'émulation. Cela l'avait décidé à poser les premières notes de son autobiographie fictionnelle de Byron dont il nourrissait secrètement le projet depuis longtemps. Il se sentait renaître d'une énergie nouvelle qui l'extirpait, provisoirement au moins, des vaines interrogations sur le sens de ses actions. Pour l'instant il n'en était qu'à l'étape des balbutiements, mais était certain de l'angle par lequel il souhaitait raconter Byron. Le poète anglais avait joui d'un statut de superstar bien avant que le concept existât. La fine fleur de la jeunesse européenne se réclamait de ce jeune romantique qui conjuguait beauté, talent, courage, excentricité et insolence. Sa fin aux accents d'héroïsme avait fini de le hisser au statut de mythe. Aujourd'hui encore, des adolescents épris d'absolu le prenaient pour modèle et trouvaient la force d'affirmer leur singularité grâce à lui. *Byron Superstar*, il tenait son titre.

Stavros contourna son comptoir et sinua entre les tables occupées pour venir se poster devant lui. Il était entièrement vêtu de noir. Ces quelques semaines passées à apprivoiser la ville avaient permis à Antoine de noter qu'une bonne moitié des jeunes Athéniens s'habillaient comme des batcaves.

En recoupant les bribes de conversations qu'il avait entendues çà et là, il avait compris que le choix du noir était loin d'être anodin. Outre leur goût encore vivace pour des groupes comme Bauhaus, Sisters of Mercy ou She Past Away, beaucoup voyaient dans ce choix un moyen de se départir du cliché du Grec jovial, hédoniste dont Anthony Quinn, campant Alexis Zorba, était devenu le symbole. La plupart détestaient l'adaptation cinématographique du roman de Kazantzákis dont Cacoyannis avait réduit la philosophie à une espèce de célébration de la vie par une jouissance avinée.

Antoine les soupçonnait de vouloir contrecarrer cette dérangeante jovialité en lui opposant des airs de noirceur intellectualisée d'influence germanique tout aussi outrés.

— *Ya sas, Antoine ! Kala eissai ?*

— *Kala eimai, efkaristo ! Kai essi ?*

— *Ola Kala !* dit Stavros en reluquant les pages griffonnées de son petit carnet noir ouvert sur la table. *Do you write a novel ?*

— *No, I just write a few ideas for myself...*

Il coupa court à toute conversation en commandant un café. Il y avait certaines heures de la journée où il fuyait tout contact. Il avait toujours apprécié d'être seul au milieu de la foule. Athènes lui offrait ces longues plages de solitude qui lui laissaient tout loisir de repenser à Moïse en des termes lumineux.

Ces semaines passées loin d'elle lui avaient permis de la considérer avec ce soupçon d'indulgence qui mettait assez d'huile dans les rouages de sa réflexion pour la rendre claire. Il retrouvait même une sensation de langueur à éprouver le manque.

Ce qui lui revenait le plus souvent à l'esprit était la gravité permanente qu'elle portait dans le regard, et dont il s'était demandé au départ si elle l'avait acquise avec l'expérience ou si elle l'avait héritée du gène de son père, dont les yeux s'auréolaient parfois de tant de sagesse qu'on avait l'impression d'y lire toute la mémoire des hommes. Il se rappelait aussi que, sans crier gare, les yeux de Moïse se muaient en deux lagunes de gaieté où voguaient ses mélancolies intranquilles.

Ces réminiscences le mettaient dans tous ses états. À la seule idée de la perdre, son sang se glaçait d'effroi. L'évidence qu'il lui serait difficile de vivre sans elle le frappait soudain comme une éblouissante fatalité. En réalité, peu de temps après son départ, il avait éprouvé le besoin de lui écrire. Ce n'était pas dans le but de s'expliquer encore et encore. Il lui avait tout dit avant de partir. Il avait essayé de lui tendre une perche qu'elle n'avait pas jugé utile de saisir. Une part de lui, celle qui n'était pas empoisonnée par la colère, la comprenait.

Quoi qu'ils aient pu penser de la fraîcheur de leurs liens, leur relation portait le poids de trente années. Ils étaient moins attentifs aux désirs mouvants de l'autre, à ses regards égarés, s'entêtant à ne conserver de lui que ce qui les avait séduits le premier jour.

Mais leur correspondance leur imposait de fait une certaine rigueur. Elle avait tout de suite pris un tour appliqué. À croire que passer par l'écrit leur donnait l'occasion de réfléchir contre eux-mêmes, ou du moins de dépasser leur penchant pour l'affrontement. Ils s'y découvraient et s'y surprenaient. Sans qu'ils l'aient calculé, l'écriture leur faisait entrevoir une autre vie ensemble. Il aimait la savoir à trois mille kilomètres de lui et la sentir si proche, au point qu'il commençait à redouter le jour où ils se reverraient.

Au moment où Stavros déposa son café sur la table, un nouveau morceau de rebétiko démarra sous les hourras enthousiastes des clients. Tous se mirent à battre la cadence en tapant dans leurs mains, laissant glisser entre leurs doigts ce *komboloï* qu'ils ne lâchaient jamais. Au départ, Antoine avait cru que ces petits colliers leur faisaient office de chapelets. Mais en réalité, égrainer leurs perles leur permettait de tromper l'ennui.

Il les observait avec admiration. Leurs faces marquées par des rides profondes, au creux desquelles sinuaient des flots de nostalgie, s'éclairèrent. Subitement, trois d'entre eux se levèrent pour danser, bras et visages tendus comme des phénix. Antoine s'était toujours dit que venir au monde était la pire des malédictions possibles, mais il lui arrivait de percevoir l'amour de la vie chez d'autres et de s'en éblouir. En général, la danse était toujours mêlée au spectacle.

Il s'imprégna de cette démonstration de liesse vécue en *slow motion*. Elle semblait émerger d'un rêve sorti du fond des âges. Il revint à son carnet tout gorgé de vie.

Il délaissa son *Byron Superstar* pour noter les sensations de vigueur que sa vie à Athènes faisait naître en lui et dont il avait l'intention de nourrir à la fois son livre et les prochaines lettres à Moïse. Le véritable héros byronien était peut-être moins Byron lui-même que ce Français de cinquante ans, un peu perdu, assis près de la fenêtre, en quête de force et d'un dernier chemin de traverse à emprunter.

Il avait vécu ces dernières années dans une dispersion qui l'avait affaibli. Il avait touché à l'indifférence des choses comme on touche le fond. Maintenant, il se retrouvait sur la terre des sentiments extrêmes. Il allait falloir se montrer à la hauteur. Pas de place pour les tièdes.

Le temps fila à son insu. Les premières notes de *Soon* de My Bloody Valentine l'arrachèrent à ses pensées. Surpris, il releva la tête. Le bar était complètement vide. Il ne restait que Stavros et lui. Il jeta un coup d'œil à travers la vitre. La lumière du jour tanguait dangereusement vers la nuit. Les gens étaient devenus des ombres mouvantes. Des femmes marchaient par groupes et leurs enfants chahutaient devant elles. Sur la route qui longeait le parc, des adolescents cabraient leurs scooters et se disputaient l'espace avec des gens qui faisaient leur footing. Antoine était le spectateur chanceux d'un film qui illustrait la vie dans son quotidien à la fois paresseux et magique.

Sur le moment, il se surprit à éprouver l'envie d'être toutes ces personnes à la fois. Puis il se souvint qu'il était lui-même inscrit dans ce tableau et qu'il était temps pour lui de l'accepter.

Stavros s'affairait derrière son comptoir. Il lui fit signe de venir s'asseoir sur l'un des hauts tabourets qui l'entouraient. Antoine acquiesça d'un hochement de tête. Il récupéra son carnet et son stylo puis le rejoignit.

D'un geste catégorique, l'énergique patron déposa deux grands verres d'eau, dont les cafetiers grecs, à la différence des Français, n'étaient jamais avares, puis une carafe de *tsípouro* sur le zinc. C'était comme s'il avait pris une décision importante et que celle-ci consistait essentiellement à se soûler. Il remplit les verres. Les deux hommes trinquèrent en se regardant fixement dans les yeux et ponctuèrent le geste d'un « Yamas » choral.

— Overdose de rebétiko, plaisanta-t-il en anglais. Ça fait du bien quand les vieux rentrent chez eux…

— C'est sûr qu'un petit My Bloody ne se refuse pas…, déclara Antoine, après avoir vidé son premier shot d'un trait.

Il sentit le liquide brûlant couler le long de son œsophage et ne put empêcher une grimace de douleur.

Il avait le ventre vide. Depuis que Moïse n'était plus là, il lui arrivait d'oublier de manger.

— Ah oui, tu aimes ce groupe ? lui demanda Stavros avec une expression subitement sérieuse et émouvante.

— Oui… *Loveless* a longtemps été l'un de nos albums préférés, à ma petite amie et moi, répondit-il en souriant doucement. On l'a écouté des centaines de fois…

Stavros n'entendit pas la dernière phrase. Il avait quitté le comptoir pour rejoindre la minuscule cuisine séparée de la salle par un passe-plat. Antoine l'accompagna du regard tout en se reprochant de raconter sa vie par le détail. Qu'est-ce que ça pouvait bien lui faire ? Il avait toute une journée de travail dans les jambes, une journée à écouter les mêmes vieux dire les mêmes choses. Pour lui, les mots, le rebétiko, les danses spontanées avaient probablement fini par perdre de leur éclat. Il était en train de se jurer de ne plus s'épancher lorsque Stavros réapparut les mains chargées de plusieurs petites assiettes de mezze. Il les déposa devant lui.

— Tiens, mange ! Tu as l'air d'en avoir besoin…

C'était un véritable festin. Il y avait des petites boulettes de viande, du tzatziki, des dolmas, une salade grecque, des tranches de pain.

Antoine ne se fit pas prier. Il dut même faire appel aux vieux préceptes de son éducation pour s'empêcher de dévorer le tout.

Stavros le regardait manger avec un plaisir presque maternel.

— Si t'en veux encore, ne te gêne pas, dis-le-moi…

— Merci, répondit Antoine avec la gratitude du ventre. Je n'ai rien avalé de la journée…

— *Tipota*, lâcha-t-il. Ça voulait dire, ce n'est rien. Et la petite amie dont tu me parlais, elle a emménagé à Athènes avec toi ?

— Non, répondit-il, laconique, comme s'il voulait rattraper ce qu'il considérait comme de l'impudeur par un excès de réserve mais, sentant le regard insistant de Stavros, il comprit que celle-ci était malvenue. Il poursuivit : Elle est restée à Paris. On fait un petit break…

Pour toute réponse, Stavros resservit les verres.

— Maintenant que tu as mangé, tu peux boire autant de *tsípouro* que tu veux, enfin pas trop quand même. Personnellement, je trouve qu'il guérit les blessures…, déclara-t-il en tournant vers lui ses yeux brillants d'une ivresse naissante.

Antoine ne répondit pas mais il le crut. L'alcool lui réchauffait l'âme, le transportait déjà ailleurs. L'Orient s'infiltrait dans ses veines et lui rendait des émotions à la fois fortes et simples. De nombreux verres succédèrent aux deux premiers. Ils entamèrent un ping-pong de morceaux pop. Ils rivalisaient d'inventivité. Stavros s'imposait comme un redoutable adversaire. Il pouvait naviguer des Beatles à

Fontaines D.C. ou Idles. Pendant que les morceaux passaient, ils discutaient, livraient des pans de leur vie.

Le *kafeneio* appartenait au père de Stavros qui en avait lui-même hérité de son grand-père. Mais avec la crise de la dette financière, leur vie, comme celle de la plupart des Grecs, avait basculé dans le chaos. Plus personne n'avait le moindre sou pour s'offrir ne serait-ce qu'une petite fiole de raki. Son père avait gardé la porte ouverte tant qu'il avait pu. Il continuait de servir des clients alors qu'ils ne pouvaient pas le payer. Plus qu'un acte de solidarité, c'était un acte politique. Une façon de résister à l'Europe, de lui dire que ni Schäuble ni aucun cacique de Bruxelles n'empêcheraient un seul Grec de danser.

— Et c'est toi qui as repris l'affaire ?

— Oui, j'ai décidé de reprendre le flambeau parce que mon père a fini par se décourager... L'adversaire était trop fort... Et pour finir, il y a eu le coup de Tsípras qui a bradé son âme. On s'est sentis trahis... Moi, je bossais dans l'informatique, ma boîte venait de mettre la clé sous la porte. Quand mon père m'a annoncé qu'il voulait fermer en attendant de vendre, j'ai éprouvé un tel sentiment de révolte que je lui ai demandé de me laisser m'occuper de l'affaire. Après tout, on n'avait rien à perdre... Alors a commencé la vraie débrouille, ce *kafeneio* a pris des airs d'association humanitaire. Si t'avais vu ça, c'était un vrai bordel, mais en même temps, il y avait quelque chose de fascinant à voir les gens s'entraider. Aujourd'hui, c'est fini, tout ça...

La plupart sont rentrés dans leurs pénates et regardent la Grèce se céder morceau par morceau aux étrangers sur leur écran de télévision. Je déteste les étrangers qui viennent se refaire sur notre dos !

Stavros retenait des cris de rage mais il ne mâchait pas ses mots. Antoine l'écoutait avec attention. Il entendait son amertume et la comprenait. Pour sa part, il avait suivi cette crise d'un œil intéressé mais dont il sentait, à rebours, l'étendue du détachement. Maintenant, il prenait réellement la mesure du séisme dont les Grecs se relevaient peu à peu. Ici, l'Europe n'avait plus vraiment la cote, c'était une évidence.

Contrairement à Stavros, Antoine continuait de croire en ce vieil idéal bringuebalant, ne serait-ce que parce qu'il avait étendu son territoire de vie. Lui pour qui d'ordinaire les discussions de géopolitique étaient source de loisirs ne trouva rien à dire. Il se sentait embarrassé face à cet homme dont l'histoire personnelle incarnait les décisions aveugles du pouvoir. Stavros avait dû renoncer à une certaine idée de son avenir, et qui cela intéressait-il ?

— Maintenant, ça a l'air d'aller un peu mieux, non ? Tu ne peux pas reprendre ton métier ? il le questionna avec précaution.

— *Malakas !* dit-il en mimant un geste de masturbation qui fit rire Antoine, parce qu'aucun Grec au monde ne pouvait dire trois phrases d'affilée sans se priver du plaisir d'y insérer un petit « *Malakas* ». Ça ne va pas si bien… Le salaire moyen plafonne à 900 euros ! Qu'est-ce que tu veux que je fasse avec ça ? Et puis, je suis bien ici, chez moi, avec mes vieux. Le soir, mes copains me rejoignent et on fait la fête… Que demande le peuple, pas vrai ?

— *Yamas !* lança Antoine en lui présentant son verre.

Ils trinquèrent avec un sentiment nouveau de fraternité.

— C'était vraiment terrible, tu sais… Ils nous ont traités comme des parias.

Chapitre 4

Moïse était assise à la terrasse du Moka, Kalidromiou 96, entre Exarchia, l'emblématique quartier anarchiste, et Neapoli. Elle s'avisa de l'heure sur son téléphone. Zac était en retard. C'était un snobisme dont il ne s'était jamais débarrassé. Elle n'en était pas agacée, au contraire. Elle faisait partie de cette moitié de l'humanité qui préférait attendre que de se faire attendre, aimer que de se faire aimer. Zac habitait indéniablement le camp d'en face.

Patienter lui offrit le plaisir de s'imprégner du Moka. C'était un vieux café tenu par de jeunes anarchistes. En franchir le seuil revenait à faire un voyage à rebours de plus d'un demi-siècle. Les murs jaunis par les effluves de cigarettes et de friture étaient tapissés de vieilles photos sépia. Chacune d'elles vous donnait l'envie de l'intégrer, de vous lier d'amitié avec ces hommes et ces femmes au look des années 60 dont les regards vagues faisaient les yeux doux à ces moments d'amitié festive qu'ils avaient l'air de chérir plus que tout au monde. En s'y attardant un peu, elle aurait pu y apercevoir Theodorákis ou Katsimbalis, le fameux colosse de Maroussi.

Le détail figé de leurs gestes perdus dans un épais nuage de fumée trahissait l'art d'aimer la vie dans sa plus pure et sa plus précieuse simplicité. Il suffisait de s'attarder sur chaque photo pour entendre la musique qui s'y jouait alors, goûter au *tsípouro* et à l'ivre fraternité dont les hommes sont parfois capables.

Aujourd'hui encore, il régnait au Moka à la fois une torpeur et une énergie stimulantes qui résumaient bien le caractère spécifique de la ville. Aujourd'hui encore, les Athéniens les plus désargentés pouvaient y déguster de succulents mezze et s'y enivrer jusque très tard dans la soirée.

Dehors, les tables débordaient sur la chaussée. Les clients étaient en droit de les disposer comme ça leur chantait. Sur cette terrasse bondée, elle était la seule à siroter son verre en solitaire. Autour d'elle, des groupes de garçons et de filles entre vingt et trente ans, entièrement vêtus de noir, discutaient frénétiquement de politique et de philosophie. Subitement, elle envia leur jeunesse. Elle vivait comme eux, au détail près qu'elle avait le double de leur âge et avait abandonné tout espoir que le monde puisse changer.

Alors qu'elle fixait sa petite fiole de *tsípouro* et son café, elle pensa à son père et à ce qu'était une vie d'homme… Il arrivait un temps où le corps et l'âme cheminaient dans des sens contraires. L'un faisait sentir sa présence par des maux divers quand l'autre s'évanouissait d'en avoir trop entendu. À l'instar du marc de ce café *helliniko* qui tombait au fond de son verre, les êtres finissaient par s'abstraire d'eux-mêmes pour devenir moins denses et transparents pour les autres.

Le passé devenait une fiction qu'ils se racontaient pour pallier le vide. Un film où toutes les extrapolations et les mensonges pouvaient s'écrire. Qui viendrait contredire le nouveau montage qu'ils faisaient de leur vie ?

Ici comme ailleurs, les jeunes éprouvaient l'urgence de se battre pour un avenir meilleur. Les voir s'échauffer les sangs à opposer leurs opinions tranchées lui rappela une période pas si lointaine où les grandes villes de France avaient été le théâtre d'énormes manifestations. Lycéens et étudiants étaient descendus dans la rue pour hurler leur inquiétude au sujet de leur future retraite.

Moïse avait été frappée par le fait qu'à moins de vingt ans, cette génération fût capable de se projeter si loin dans la vie. Pour sa part, elle avait gardé, épinglé au cœur comme un drapeau, le feu sacré de la jeunesse où rien ne pouvait s'interdire, surtout pas un doigt d'honneur aux lendemains qui déchantent. À croire que la *Beat Generation* et les punks n'avaient laissé aucun héritier…

Bien sûr, elle trouvait leur combat plus que légitime. Mais son âme encore bercée de mythes anciens regrettait que la fureur de vivre ait muté en revendication au droit de moisir dans le confort.

Alors comme ça, la jeunesse ne tissait plus la trame de sa poésie avec les fils romantiques de la mort ? Rimbaud mourait pour la deuxième fois.

À ses yeux, désormais, seul comptait l'infini. Elle avait passé les trois derniers jours à dire le Kaddish pour son père. Il s'était imposé comme son hymne.

Depuis son décès, pas une seule seconde de sa vie n'avait été vécue sans l'impression de frayer avec sa propre mort. Affronter l'irrémédiable n'avait pas mis fin à bon nombre de ses craintes. Mais cette peur-là s'était évanouie. Elle trouvait même une certaine gaieté à cheminer en bord de gouffre. Elle aimait savoir qu'elle trimballait sa fin dans sa poche et qu'il suffisait d'un souffle pour que la lumière s'éteigne.

Au loin, elle reconnut la silhouette de Zac. Il était en train de marcher sur le trottoir d'en face. Il la chercha parmi les nombreuses personnes qui occupaient la terrasse. Elle le héla. Lorsqu'il croisa son regard, il plissa légèrement les yeux et lui sourit, prenant un air béat de stupéfaction, comme si leur rencontre n'était que pur hasard. Elle chassa cette bizarrerie de son esprit. Avec Zac, plus rien ne l'étonnait. Il traversa d'un pas alerte et s'affala sur la chaise d'à côté.

Elle était contente de ne plus être seule. Elle n'aimait pas que sa solitude durât trop longtemps. Elle finissait par s'y sentir punie.

— Chui trop content… J'ai une expo prévue à Metaxourgeío dans deux mois ! lui annonça-t-il d'un air triomphant.

D'un geste vif, il jeta un verre rempli d'eau sur le trottoir et y versa du *tsípouro*. Depuis qu'il vivait à Athènes, Zac avait ajouté à sa passion pour le cinéma celle pour l'art contemporain. Il semblait aborder les deux arts avec la même application paresseuse.

— Waouh ! Félicitations ! s'écria-t-elle.

Elle perçut l'outrance d'enthousiasme mécanique dans sa voix, en eut honte un instant, mais ne put revenir en arrière.

— Merci ! lâcha-t-il avec ce soupçon de jubilation qui sonnait faux, puis il prit un air songeur. Mais j'ai comme l'impression que tu te fous un peu de ma gueule, non ?

— Non, pas du tout… J'ai beau le savoir, je reste surprise de te découvrir en artiste contemporain, c'est tout. Zac ou l'art inutile de se réinventer…

— Si si, maintenant, j'en suis sûr : tu te fous de ma gueule ! dit-il en la pointant de l'index. Tu sais, c'est surprenant pour toi, mais je te rappelle que ça fait vingt ans qu'on ne s'est pas donné signe de vie. Il s'est passé beaucoup de choses dans mon existence, des choses dont tu pourrais être encore plus surprise… Je te conseille de t'y préparer.

Moïse réalisa que Zac en avait rajouté dans l'expression de sa joie pour s'insuffler de la force. En réalité, il était comme elle, gagné par la lassitude du combat. Comme elle, il avait passé cinquante ans. Et malgré un entêtement manifeste à produire des œuvres sur différents supports, la reconnaissance unanime qu'il devait espérer n'était toujours pas au rendez-vous. Moïse connaissait le même sort avec ses livres, au détail près qu'elle se mentait en prétendant désirer cette reconnaissance infiniment moins que lui.

Pour eux, le train était sûrement passé. Et dans l'hypothèse miraculeuse qu'il consentît à faire machine arrière pour les récupérer, il était sûr qu'aucun d'eux n'éprouverait une joie fraîche à sauter dans un wagon de première classe.

Elle gardait toujours à l'esprit cette réponse de Bukowski qu'on interrogeait au sujet du bonheur putatif que son succès tardif était censé lui inspirer. Hank avait simplement déclaré : « C'est trop tard… »

À force de se faire attendre, les plus fiévreux désirs deviennent de pâles souhaits.

— Bon, ça va ? demanda-t-il avec l'air de guetter quelque chose par-dessus son épaule.

Moïse ne reconnaissait pas le Zac qu'elle avait revu à Paris. Athènes le rendait souvent évasif et secret.

— Pas trop mal… Je suis heureuse d'être là. Je découvre, je m'adapte… Et Paris me semble de plus en plus lointain…

— Tu as vu, c'est bizarre, on l'oublie vite ! déclara-t-il sèchement avant d'allumer une cigarette.

— Je n'ai pas dit ça, mais j'avoue que ça ne me manque pas…

— Ce n'est qu'un début… Bientôt, tu auras la même impression que moi. Ton passé t'apparaîtra comme un vrai mirage.

— Ça, c'est parce que tu es vieux et que tu as sûrement un début d'Alzheimer…

— Salope ! dit-il en s'esclaffant. Cela dit, une partie de ton hypothèse est indéniablement vraie, et l'autre me guette peut-être… Mais pour l'instant je me rappelle quand même avoir pris un verre avec Antoine, l'autre soir. Il avait l'air content. Il était doux comme un agneau, autant te dire que ça m'a fait un choc…

À l'évocation d'Antoine, Moïse sentit une décharge électrique lui traverser l'estomac. Elle avait de nouveau quatorze ans.

— Ah oui ? Tant mieux…, commenta-t-elle, pleine d'une délectation intérieure.

Elle se garda bien d'en dire plus à Zac qui épiait le moindre signe de défaillance chez elle. Il devait penser qu'elle faisait d'innombrables efforts pour lui cacher son désarroi. Elle ne voulait surtout pas décevoir sa malveillance consciente ou inconsciente en lui avouant qu'elle s'était rarement sentie si vibrante et si proche d'Antoine.

— C'est quand même fou que ce soit moi qui me retrouve à faire le trait d'union entre vous. Vous continuez de vous écrire ?

— Oui, de temps en temps…

— Et… ? Tu comptes lui dire que t'es là ?

— Non, c'est trop tôt, déclara-t-elle d'un air résolu comme si elle se parlait à elle-même. C'est beaucoup trop tôt…

— T'es consciente que vous allez finir par vous croiser ? Athènes est tout petit. En plus, t'habites tout près de chez lui.

— Je sais, je sais…

— Et puis ça m'énerve de lui mentir comme ça. Un jour, je vais gaffer, il ne faudra pas m'en vouloir…

Moïse eut un mouvement de recul pour pouvoir mieux le contempler.

— Quoi ? Qu'est-ce qu'il y a ? l'interrogea-t-il avec perplexité.

— Laisse-moi regarder le nouveau Zac qui déteste mentir à ses amis, releva-t-elle, amusée. Et puis ressers-moi un verre parce que je ne m'en remets pas !

— T'es conne !

— Salope, conne… Fais gaffe, je vais t'attaquer pour maltraitance envers les femmes !

— Vas-y, c'est toi qu'ils vont emprisonner. En Grèce, les hashtags MeToo tardent à arriver…

Soudain, un jeune homme dont l'allure originale la frappa vint se poster devant leur table. Il devait avoir une quinzaine d'années et avait des yeux très noirs assortis à l'épaisse crinière coiffée en brosse qui prolongeait sa tête de cinq bons centimètres.

— Ah Ioannis, t'es là ! Viens, prends une chaise et assieds-toi avec nous.

Le jeune homme s'éloigna pour aller récupérer une chaise. Moïse remarqua sa silhouette fine et sombre surmontée de larges épaules. Elle toisa Zac d'un air perplexe.

— Bravo ! murmura-t-elle avec une mimique d'admiration sarcastique. Tu sais que ça aussi, ce n'est plus tellement tendance…

— Arrête, je t'en prie… Pour une fois, tais-toi ! lui ordonna-t-il avec une légère irritation qu'elle ne comprit pas.

Ioannis revint avec sa chaise tendue vers le ciel et s'installa avec eux.

— Salut, je m'appelle Ioannis. Toi, c'est Moïse, n'est-ce pas ? Il m'a tellement parlé de toi…, dit-il dans un français qui l'étonna par sa perfection et son absence d'accent.

La main de Ioannis sinua entre les verres pour serrer celle de Moïse. Le bref contact de sa main et de son regard simple et doux procura à celle-ci la sensation d'une intimité qu'elle ne put s'expliquer.

— Ah oui ? Je regrette de ne pouvoir te retourner le compliment. Mais je suis très heureuse que cette erreur soit réparée, dit-elle en apercevant du même coup le visage effrité de Morrissey sur son tee-shirt élimé. Je vois que tu as converti ton jeune ami…, ajouta-t-elle, amusée.

— Ioannis n'est pas mon ami, c'est mon fils, déclara Zac, laconique.

Moïse sentit sa mâchoire se décrocher. Le père et le fils échangèrent un regard de biais puis éclatèrent de rire simultanément. S'ensuivit l'ombre d'un soupir qui parut à chacun une éternité.

— C'est quoi, cette connerie ? finit-elle par interroger Zac, encore livide de stupéfaction.

— Cette connerie, c'est moi ! dit Ioannis en écartant les bras avec un fatalisme à l'arrière-plan duquel planait un fond d'ironie sincère.

Zac présenta le petit verre de *tsípouro* sous son nez.

— Bois, ça va te remettre les idées en place !

— C'est pas un verre qu'il me faut, là, c'est la bouteille…

— Tous les prétextes sont bons…

— Tu peux m'expliquer ce qui se passe ? demanda-t-elle à Zac d'une voix blanche, sans pouvoir s'empêcher de dévisager l'inattendue progéniture.

Elle était bouleversée et buvait ce jeune homme des yeux jusqu'à l'ivresse. Soudain, elle lui trouva plus qu'une allure originale, elle lui trouva une beauté unique, miraculeuse, irremplaçable.

— Il n'y a pas grand-chose à expliquer. Il y a seize ans, j'ai rencontré Dimitrios, un Grec qui était en vacances à Paris. J'étais tellement fou de lui que peu de temps après, je l'ai suivi à Athènes. Je vivais chez lui à Gazi, c'était chouette. Maria était sa meilleure amie. Elle était prof de français à la faculté d'Athènes. Alors forcément, c'est avec elle que je parlais le plus car la langue m'isolait. Avec le temps, elle m'isolait même de Dimitrios. Avec Maria, c'était différent… Je pouvais exprimer des choses complexes, ça me faisait du bien… Je commençais à en avoir marre de dire tout le temps des conneries.

— C'est pourtant ta marque de fabrique…, lança Moïse, mue par un faible élan sarcastique.

— Il en a même fait tout un art, renchérit Ioannis dans les yeux duquel elle retrouvait l'insolence de Zac.

Dans le même temps, il reluquait son père avec une affection qui ne mentait pas, une affection presque paternelle qui laissait penser que l'éternel fond de puérilité de Zac avait fini par inverser les rôles.

— Je suis content de voir que tu es remise du choc, même si j'en fais les frais…, rétorqua Zac à Moïse sur un ton aux accents acides. Est-ce que tu veux que je poursuive mon histoire ou tu préfères continuer de lancer tes vannes pourries ?

— Poursuis, s'il te plaît, poursuis…, le supplia-t-elle.

Ça avait l'air d'une feinte, mais elle le suppliait vraiment.

— Au début, on ne se voyait pas si souvent que ça… Mais peu à peu, presque à notre insu, on a commencé à trouver n'importe quel prétexte pour multiplier nos rendez-vous. Notre passion commune pour le cinéma nous a beaucoup aidés. On allait voir des films français dans des cinémas indépendants ou des cinémas en plein air. Tu verras, il y en a plein, c'est génial. Ils font partie des nombreux charmes d'Athènes. On se découvrait, on s'effleurait… Bref ! Tu imagines la suite…

— Non, pas trop… Je comprends rien ! Tu m'avais dit que c'était ton mec qui t'avait quitté…, l'interrompit Moïse avec une suspicion d'une vigueur inappropriée.

Zac avait raison. Elle pouvait aisément imaginer ce qui avait pu se passer mais son esprit lui ordonnait de le questionner dans le seul but de le prendre en défaut de témoignages discordants. Une part d'elle espérait entendre un aveu de sa part. Tout cela n'était qu'une blague, un énième mensonge de ce mythomane patenté qu'il avait toujours été.

Elle devait se rendre à l'évidence, l'existence de Ioannis la plongeait dans un état d'agitation qui en disait bien plus long sur elle que sur Zac. Subitement, elle se sentait spoliée d'une vie qu'elle n'avait pas eue, d'un choix qu'elle n'avait pas fait. Si elle avait eu un enfant, elle aurait voulu qu'il fût la copie conforme du fils de Zac. Non, elle aurait voulu qu'il fût lui.

Elle guettait en elle le surgissement d'une force spontanée qui lui aurait permis de combattre ce ressentiment soudain qu'elle jugeait ignoble parce qu'il désavouait une grande partie de ses choix. Nos choix nous définissent, pourquoi se reniait-elle par simple caprice ?

Ioannis la détaillait de son regard clair et franc. Il avait l'air de lire dans ses pensées et y répondait par des torrents d'amour. Pourquoi lui montrait-il tant d'affection spontanée ? Elle se sentait mise à nu par ce jeune garçon et piégée dans l'observation de sa beauté fanée.

— Oui, c'est bien lui qui m'a quitté… Il a fini par comprendre ce qui se tramait entre Maria et moi. Je peux t'assurer que si quelqu'un m'avait prédit qu'une telle chose allait m'arriver, je lui aurais conseillé d'aller se faire soigner à Sainte-Anne…, poursuivit Zac.

Subitement, Ioannis émit un rire très bref et hypnotisant.

— Ça te donne de nouveaux éléments pour un prochain livre, pas vrai ? J'ai lu ton premier roman où tu parles de mon père, c'est plutôt salé… Il a l'air d'être une sacrée source d'inspiration pour toi !

Pour la première fois de sa vie, elle se surprit à culpabiliser en pensant aux mots durs qu'elle avait employés pour dépeindre le personnage de Zac. Elle n'y était pas allée de main morte. Elle l'avait croqué au sabre et réalisait que le sang n'avait pas giclé que sur lui. C'était comme si la simple présence de Ioannis pulvérisait le bouclier que constituait légitimement la fiction. Pourtant, elle n'avait perçu dans ses mots aucune trace d'accusation ou de rancune envers elle.

Elle garda le silence un instant puis une nouvelle vague d'émotions déferla sur elle.

— Je suis heureuse de te rencontrer..., confia-t-elle d'une voix engourdie.

— Moi aussi, répondit-il avec douceur. J'ai l'impression de te connaître depuis longtemps.

— C'est bizarre, j'éprouve la même sensation...

Tout ressentiment avait disparu d'un coup.

Ils avaient échangé peu de mots mais elle devinait chez lui les qualités de loyauté et de sagesse qui manquaient cruellement à Zac. Il n'en fallait pas davantage pour qu'elle entrevît chez ce garçon une nouvelle promesse qui s'offrait à sa vie. Elle repensa à la dernière discussion qu'elle avait eue avec Antoine, à son acharnement à refuser le moindre changement dans son existence. C'était à contrecœur et tenue par le seul objectif de le récupérer qu'elle avait consenti à faire bouger les lignes. Et voilà que d'autres portes s'entrouvraient, l'univers dont elle était si sûre vacillait déjà.

— Vous voulez que je m'en aille, peut-être ? dit Zac en plaisantant, semblant trouver un plaisir indicible à observer la symbiose épidermique qui venait de naître entre son fils et sa vieille amie.

— Donc Maria est sa mère ? questionna-t-elle en désignant Ioannis du menton.

— Oui, Maria est sa mère...

Moïse remarqua que le père et le fils partageaient soudain la même tristesse. La surface des grands yeux noirs de Ioannis se nappèrent de larmes.

— Ma mère est morte. Il y a trois ans... Crise cardiaque.

— Je suis désolée... Pour toi... Pour vous deux..., murmura Moïse en essayant de ne pas en faire trop dans l'apitoiement.

Mais par réflexe, elle posa une main empathique sur celle de Zac. Il la repoussa machinalement. Elle était trop remuée pour s'en sentir vexée. Elle examina son visage. Le masque de légère ironie qu'il veillait toujours à offrir à ses interlocuteurs venait de tomber. Il était défiguré par le réalisme trop cru de la mort. Ioannis, quant à lui, gardait buste et regard droits, comme figé dans une posture de survie. Il serrait les dents.

— Entre sa mère et son père, on peut dire qu'il a tiré le gros lot niveau hérédité..., dit Zac. À croire que les cœurs fragiles se reconnaissent. Et lorsqu'on est fragile, il faut au moins compter sur la chance. Je m'en voudrai toujours que Maria en ait eu moins que moi...

— Je déteste quand tu dis ça..., rétorqua Ioannis. Si tu n'avais pas survécu, tu n'aurais jamais connu maman et je ne serais pas né...

Leur rire simultané leur réchauffa le sang.

— De l'inconvénient de n'être pas né..., persifla Zac en lui jetant un regard complice.

— Arrête, Papa, je sais ce que tu en penses..., répondit-il d'un air amusé.

Moïse aimait la nature de leur relation. Même si l'entendre se faire appeler « Papa » résonnait à ses oreilles de manière étrange, elle aimait découvrir Zac dans ce rapport singulier. Elle avait toujours pensé que tout comme elle, il n'avait pas réussi à devenir adulte. Alors l'imaginer en père s'imposait comme le comble de la fantaisie. L'espace d'un instant, elle éprouva une gratitude immense envers la vie et ses éclats stupéfiants.

Sans la nommer, tous trois trinquèrent à la mémoire de Maria puis abordèrent des sujets plus légers. La conversation tourna principalement autour de Ioannis. Il était au lycée mais sa passion était la guitare qu'il avait apprise tout seul, avec l'aide de tutos. Il employait la majeure partie de son temps libre à s'entraîner sur des partitions de guitaristes célèbres, notamment celles de Johnny Marr.

Moïse, qui l'écoutait avec attention, ne put museler un élan d'admiration juvénile.

— Génial ! J'ai hâte de pouvoir t'écouter ! s'écria-t-elle. Pauvre gosse… Tu as dû le biberonner aux Smiths, il n'a pas eu le choix, dit-elle en s'adressant à Zac.

Pour toute réponse, celui-ci bomba fièrement le torse.

— Avec mes copains, on a aussi un groupe de rock… The Diogenes !

— Mon fils est une star !

— N'importe quoi ! le rabroua Ioannis. Mais c'est vrai qu'on a notre petit succès à Athènes. Tu viendras nous voir, si tu veux…

— Comment une vieille fan comme moi pourrait rater le moindre concert du digne héritier de Johnny « guitar » Marr ?

— Ouais, enfin… Pas trop non plus… Ne fais pas comme Papa qui me fout la honte à pogoter à tous mes concerts, dit-il avec une franchise désarmante.

Chapitre 5

La nuit tombait vite à Athènes, ce qui donnait parfois l'impression de jeter ses journées comme des Kleenex. Moïse se fit surprendre par le soir. Elle avait lambiné le long des allées sablonneuses de l'immense jardin du Zappéion une bonne partie de l'après-midi. En passer les grilles la plongeait aussitôt dans un état de douce gaieté.

Elle adorait l'atmosphère qui se dégageait de cet écrin coloré dont la sérénité jurait avec la constante agitation de la place Syntagma. Bien qu'il fût entretenu avec un soin particulier, Moïse en captait une image bordélique, poussiéreuse, qui rendait chaque détail du lieu attachant.

Elle s'en était éprise dès sa première visite et l'avait consacré comme le plus beau jardin de l'univers. Il offrait une végétation si diversifiée qu'on ne savait où poser les yeux. Des palmiers d'une hauteur vertigineuse, des pins, des orangers côtoyaient avec un naturel confondant toutes sortes d'arbustes dont les fleurs éclatantes de santé constituaient une vraie réjouissance pour l'âme.

Il était si grand et si distordu qu'il était fréquent qu'elle s'y surprenne délicieusement perdue. Au détour des grandes allées s'étaient formées de petites bulles d'intimité serties de quelques bancs où lecteurs et couples d'amoureux venaient abriter leur plaisir. Elle y venait souvent pour lire, elle aussi. La littérature, comme l'amour, avait besoin d'un refuge pour s'y épanouir. Chaque fois qu'elle s'installait sur l'un de ces bancs, elle se projetait des films imaginaires, des films dont Antoine et elle étaient les héros, des films où ils se contentaient de jouir d'une rêverie romantique à deux. La statue tout proche de Lord Byron – qu'une femme incarnant la Grèce tenait dans ses bras – y était sans doute pour quelque chose. En 1824, le plus illustre des philhellènes avait débarqué à Missolonghi pour lutter auprès des Grecs et financer leur guerre d'indépendance face à l'Empire ottoman. Même s'il était mort avant d'avoir livré bataille, la Grèce vouait au jeune poète une reconnaissance éternelle. Quant à elle, elle ne pouvait penser à Byron sans y superposer l'image d'Antoine.

À l'orée du soir, les silhouettes devinrent des ombres. Elle se dit qu'il était temps de partir.

À peine sortie du Zappéion par les grilles de l'avenue Vassilis Amalias, elle sauta dans un bus qui menait à Kypseli. En remontant Oktovriou, le bus marqua un arrêt devant Polytechneio, l'université où des étudiants s'étaient soulevés contre la dictature des colonels en 1973. La révolte s'était soldée par quatre-vingts morts et des milliers de blessés.

Un flot d'hommes et de femmes pénétra dans le bus par l'avant et se tassa dans l'allée. Parmi eux, de nombreux Afghans, des Syriens et des Pakistanais qui arboraient tous la même mine éreintée. La plupart d'entre eux étaient installés dans les quartiers de Viktoria ou de Patision.

Les yeux rivés vers l'extérieur, Moïse observa les groupes de gens munis de banderoles écrites en grec. Tout le mur était tagué de slogans anarchistes. Elle supposa que depuis ce terrible massacre qui avait tant marqué les Grecs, l'université était restée le lieu légitime où toutes sortes de protestations devaient s'exprimer. Ce peuple avait la résistance chevillée au corps.

Zac et Ioannis habitaient sur Fokionos Negri, la rue centrale du quartier.

Depuis sa piétonnisation dans les années 70, bars et cafés n'avaient cessé d'y fleurir, faisant de cette large allée le centre névralgique de Kypseli. Le petit ruisseau qui séparait la rue en deux avait été remplacé par une série de fontaines et de micro-parcs qui permettaient aux enfants et aux chiens de jouer sans courir le moindre danger.

À peine arrivée, Moïse constata qu'en dépit de l'heure l'ambiance débordait comme une source effervescente. Les différentes musiques provenant de l'intérieur des bars et les conversations des clients s'y mélangeaient dans une étonnante harmonie.

Les terrasses de cafés et les restaurants composaient un patchwork de gens très divers. Ce qu'elle apprécia le plus était d'y observer des personnes âgées dîner ou prendre un verre dans une décontraction totale. Cela jurait avec ce qu'elle avait l'habitude de voir à Paris où la transparence, pour ne pas dire la disparition de ceux qu'on appelait les « vieux » ne choquait personne. Vieillir à Paris était une tare dont on avait à rougir.

Elle avança d'un pas lent, ne voulant rien perdre du spectacle indolent d'une population qui faisait corps avec son climat. La douceur de l'air lui caressait le visage. Elle se dit qu'elle était définitivement sous l'empire d'Athènes et qu'il lui serait sans doute difficile de faire machine arrière.

Cette grande sensation de bien-être fut aussitôt ternie par celle du manque d'Antoine. Cela lui prenait d'un coup, comme la foudre qui s'abattait sur elle. Que faisait-il à cette heure-ci ? Sepolia n'était qu'à un gros quart d'heure de marche de là. Il n'était pas impossible qu'il fût attablé à l'une de ces terrasses. Le croiser par hasard était la dernière chose qu'elle souhaitait. Soudain, elle eut peur de tomber sur lui et accéléra le pas en baissant la tête.

L'immeuble où Zac vivait avec son fils était un beau bâtiment aux accents Art déco. Elle sonna à l'interphone, la porte s'ouvrit de manière mécanique. L'entrée était sombre et dans un tel état de délabrement qu'on avait l'impression de pénétrer dans un immeuble abandonné. À l'ascenseur vétuste, elle préféra l'escalier.

Lorsqu'elle arriva au cinquième étage, elle n'était plus que la moitié d'elle-même. Zac l'attendait sur le paillasson, une cigarette vissée au bec. Le *Metal Mickey* de Suede s'échappait de l'appartement. Il n'y avait pas le moindre doute à avoir, on était bien chez lui.

— T'es en retard ! T'as raté Ioannis, tu fais chier…

— Je sais, désolée…, répondit-elle à bout de souffle, tout en pensant que le type ne manquait pas de toupet vu que le premier article de sa Constitution très personnelle était de ne jamais arriver à l'heure.

Il se dégagea pour la laisser entrer dans l'appartement.

— Et tu devrais arrêter de fumer, tu souffles comme une vache…

— Tout est relatif, dit-elle en s'écroulant sur le canapé. On n'a pas idée d'habiter si haut…

Zac s'esclaffa et disparut dans la cuisine pour récupérer des bières dans le réfrigérateur. Son appartement avait l'air vaste et confortable. Outre le canapé, deux fauteuils club couleur cognac bordaient la petite table basse en verre posée sur des parpaings. Une guitare et une basse reposaient sur des socles, tout près de la chaîne et d'une grande bibliothèque où des centaines de vinyles étaient rangés par ordre alphabétique. A contrario, les livres étaient empilés et calés par dizaines contre les murs.

Zac reparut avec deux bouteilles d'Alfa qu'il décapsula à l'aide d'un briquet en plissant les yeux. Il tendit la sienne à Moïse et trinqua en souriant.

— Alors, tu aimes ? dit-il en balayant l'espace d'un regard circulaire.

— Ouais, c'est très chouette ! Je crois que je vais m'installer chez toi…

— Tu pourrais si tu voulais… Tu ferais au moins un heureux, ajouta-t-il avec pudeur. Tu veux visiter la terrasse ?

Il ouvrit la porte-fenêtre. La rumeur monta de la rue et s'engouffra dans la pièce. Moïse resta quelques instants immobile. Elle se demandait ce que signifiait ce « tu ferais au moins un heureux ». Désignait-il le père ou le fils ?

Avec elle, Zac avait toujours joué l'ambiguïté, et pas une fois depuis qu'elle le connaissait elle n'y avait été insensible.

Elle contourna la grande table entourée de chaises pour venir se presser contre la rambarde tout à côté de lui. Le ciel bleu-noir était parsemé d'étoiles. Elle eut l'impression qu'il n'était pas au-dessus mais autour et les enveloppait d'un châle scintillant. Au loin, on pouvait aussi apercevoir un bout du Parthénon. Et en bas, les terrasses bondées et les allées et venues des nombreux passants.

— C'est vraiment un super quartier, t'as de la chance !

— Ouais, mais je ne sais pas si ça va durer… Le propriétaire m'a fait comprendre qu'il voulait récupérer l'appart pour le louer en Airbnb, ça lui ferait plus de fric. C'est vraiment un problème ce truc-là… Tu ne peux pas imaginer le nombre de gens qui doivent quitter leur logement pour partir vivre en banlieue.

— C'est ça le tourisme de masse…, lâcha-t-elle avant de s'allumer une cigarette.

— Je dirais plutôt le cynisme de masse, rétorqua-t-il, assez fier de son mot d'esprit, puis il se retourna vers elle et plongea son regard franc dans le sien. T'as beaucoup impressionné Ioannis, bravo ! Il n'est pas commode d'habitude…

— Tant mieux. Je dois avouer que c'est totalement réciproque. Il m'a emballée ! Cela dit, je ne comprends pas vraiment pourquoi c'est si important pour toi…

Zac eut l'air embarrassé. Il haussa les épaules, simulant une fausse perplexité.

— Je sais pas… Avec tout ce qu'on a traversé, c'est normal, non ? Bientôt, à part lui, Antoine et toi, vous serez ma seule famille, dit-il en se dirigeant vers le salon.

Moïse le suivit. Pendant qu'il se penchait sur la platine pour changer le vinyle, elle récupéra sa bière sur la table basse. Comme elle le faisait chaque fois qu'elle pénétrait dans l'intimité de quelqu'un, elle déambula dans le salon en quête de signes susceptibles de lui en révéler davantage sur Zac et sur son fils. Et elle n'en fut pas déçue… Sur le petit bureau calé dans un coin, elle aperçut une photo en noir et blanc où Antoine, Zac et elle étaient assis côte à côte sur la plage de Nice par une belle journée d'hiver. Ils ne devaient pas avoir plus de vingt-cinq ans et souriaient à l'objectif, sûrs que leur trinité ne prendrait fin qu'avec la mort de l'un d'entre eux.

La suite de l'histoire avait témoigné de l'étendue de leur naïveté. Remuée par ce filtre de jeunesse que chacun portait sur le visage, elle s'empara de la photo pour l'observer de plus près. C'est là qu'elle vit que celle-ci avait subi de nombreux rafistolages. La tête d'Antoine ainsi que la sienne avaient été découpées aux ciseaux avant d'être soigneusement recollées avec du scotch. Moïse fixait le cliché en se disant qu'elle aurait donné n'importe quoi pour revivre cet instant de sa vie.

— Elle est belle cette photo ! l'apostropha-t-elle en l'agitant de loin. Je me rappelle très bien ce moment… J'étais tellement contente d'être là, avec vous… Après toutes ces années, j'ai encore la sensation du soleil d'hiver sur mon visage… La nostalgie guette les orphelins, pas vrai ?

Zac fonça sur elle et lui arracha ce qui constituait pour lui la preuve des sentiments ambivalents que lui inspirait sa relation avec eux.

— Où as-tu trouvé ça ?!

— Là, sur ton bureau. Le crime était presque parfait…

— T'as pas à fouiner dans mes affaires, dit-il en coinçant la photo dans le premier livre venu.

Il était devenu livide et tirait une tête de six pieds de long.

— Ça va, c'est pas grave, tu sais. L'essentiel, c'est que nous ayons pu récupérer notre tête ! Dans la réalité, hélas, ce genre de réintégration est impossible…

— Ah ah, très drôle… C'est pitoyable !

Moïse lui donna une tape un peu trop brusque dans le dos. Ce geste attisa encore un peu plus son énervement.

— Putain, arrête de faire ça ! Tu me prends vraiment pour ton copain de chambrée. T'es vraiment une camionneuse…, dit-il en s'éloignant de nouveau pour fuir son regard. Bon, un dernier disque et on y va… Qu'est-ce que tu veux écouter ?

Il se retourna vers elle, et vit qu'elle continuait de fureter un peu partout.

— Moïse, tu veux bien arrêter ça, s'il te plaît ? Qu'est-ce que tu veux écouter ?

Elle se composa un masque faussement coupable et alla docilement s'asseoir sur le canapé.

— Biff Bang Pow ! *If I die*, ça te va ?

— Top ! s'exclama-t-il. Ça fait des siècles que je l'ai pas écouté…

Il se posta devant la grande bibliothèque et passa ses disques en revue d'un œil expert.

— Tu les as rangés par ordre alphabétique ? Qu'est-ce que tu peux être vieux garçon ! le railla-t-elle.

— Alors ça, c'est la plus grosse connerie que j'aie jamais entendue… J'en ai tellement, comment veux-tu que je m'y retrouve autrement ? C'est sûr que la façon dont tu traites tes disques te met à l'abri de ce genre de compliments…

Il retira la pochette fleurie qui avait tant marqué son imaginaire et la lui montra fièrement.

— C'est qui le génie ?

— C'est toi ! dit-elle avec malice.

Dès lors, débuta tout un cérémonial nostalgique qui ne disait pas son nom. Zac fonça dans la cuisine récupérer deux autres bières, Moïse en profita pour baisser les lumières puis ils allumèrent ensemble une nouvelle cigarette. Parés pour écouter ce qui s'imposait comme leur hymne à rebours, ils échangèrent un sourire de contentement juvénile.

Chapitre 6

Le taxi traversa Psiri dont les ruelles charmantes fourmillaient de touristes jusque très tard dans la nuit. L'enseigne lumineuse rouge du Death Disco donnait à la rue Ogigou une aura de mystère lynchien. Moïse se rappela qu'on lui avait déjà conseillé le lieu plusieurs fois. Et pour cause, cette petite salle de concert qui se transformait en boîte de nuit le week-end était un repère de batcaves qui avait tout pour lui plaire.

D'ailleurs, une nébuleuse de silhouettes sombres s'agitait devant l'entrée. Zac se servit de son statut de père pour s'épargner une trop longue attente. Ignorant le début de bronca qui montait du groupe compact, ils parvinrent à se faufiler à travers la foule et entrèrent sous des huées éparses.

La petite salle, très basse de plafond, était pleine à craquer. Le concert avait déjà commencé. De loin, Moïse aperçut Ioannis qui occupait l'espace comme une vraie rock star, revenant toujours à son micro pour faire sonner ses riffs de guitare et sa voix caverneuse.

Elle le trouva magique. S'il y avait bien une sensation que le temps n'avait pas réussi à user, c'était la dose d'adrénaline qui l'envahissait lorsqu'elle pénétrait dans une salle de concert pour y voir un groupe qu'elle aimait. Mais celui-ci avait quelque chose d'infiniment particulier. Bien qu'elle ignorât tout de son répertoire, elle l'aimait a priori. Des quatre membres du groupe, elle consacra Ioannis comme le plus beau et le plus charismatique.

Moïse et Zac échangèrent un sourire pudique. Un sentiment d'admiration mêlée de fierté fusait en elle aussi puissamment que si ce garçon avait été son propre fils.

Elle se reprocha d'être en retard. Zac et elle avaient perdu beaucoup de temps à essaimer des regrets inutiles sur des mélopées anciennes. En ce sens, comme en beaucoup d'autres, ils ne faisaient pas exception. Ils étaient devenus des vieux cons.

Zac lui prit la main et l'entraîna aussi près de la scène qu'il pouvait. Ioannis les aperçut et leur adressa un bref salut. Il semblait content.

— T'as vu comme il est génial ! lui hurla Zac dans l'oreille avant d'être happé par de jeunes pogoteurs qui n'avaient que faire de son âge canonique.

Elle acquiesça puis s'abandonna aux puissants remous qui agitaient le public. À vrai dire, ils étaient loin d'être les seuls quinquagénaires parmi cette horde déchaînée. Compte tenu de l'identité du lieu, il n'y avait rien de surprenant à y retrouver des frères de nostalgie s'accrochant corps et âme à la meilleure musique de tous les temps, celle de leur jeunesse. Les morceaux s'enchaînèrent avec une rapidité incroyable. Chacun d'eux se soldait par un tonnerre d'applaudissements et de sifflets. Ioannis haranguait la foule sans le moindre signe de timidité. Au contraire, ses mots, parsemés d'une parfaite dose de pose, rendaient son attitude hypnotisante.

On aurait dit qu'il avait fait ça toute sa vie.

Pour ne rien gâcher, Moïse n'eut pas à se forcer pour adorer la musique des Diogenes. Elle se révélait profonde et poétique. Plus le groupe déroulait sa *setlist*, plus leur son et leur *songwriting* la marquaient de la même noirceur jubilatoire que des groupes comme She Wants Revenge ou Interpol.

Le moment du rappel arriva bien trop tôt à leur goût. Tous deux n'avaient pas quitté la petite fosse une seule seconde, ils étaient en nage. Ils profitèrent de ce moment de pause pour rejoindre le bar. Une fois accoudés au comptoir, ils contemplèrent leurs cheveux ébouriffés et s'esclaffèrent.

— Ça fait longtemps que j'ai pas fait ça ! s'exclama Moïse sans brider son enthousiasme. Tu ne racontais pas de conneries quand tu disais que ton fils était une star ! Je t'offre une bière, tu l'as bien méritée…

— T'as vu cette puissance ?! Ce gosse me donne tellement de joie ! Je me demande à quelle sorte d'errance aurait ressemblé ma vie sans lui.

— Tu peux, il est super…, avoua-t-elle, avant de récupérer les bières.

Ils entrechoquèrent leurs bouteilles.

— Aux Diogenes ! dit-il.

— À Ioannis ! rectifia-t-elle.

Zac lui offrit son paquet de Karelias dans lequel elle s'empressa de piocher. Sur l'instant, elle vit cette cigarette comme la cerise sur le gâteau de sa soirée. Depuis quand n'avait-elle pas éprouvé le bonheur de fumer dans ce genre d'endroits ? Jusqu'à présent, elle n'avait pas vraiment réalisé à quel point la tentation hygiéniste du monde occidental avait affadi sa vie. Ce simple fait de résistance, qui n'était pas autre chose que l'expression d'un désir de jouissance, mettait en exergue la particularité d'Athènes et de la Grèce toute entière.

En tirant sur son filtre, ce fut le souffle de l'orientalité de la ville qu'elle aspira à pleins poumons. Et qu'elle éprouvât celle-ci au cœur du lieu le plus batcave qu'elle ait rencontré depuis les années 80 faisait de cette ville un éden taillé à sa mesure. Subitement, elle se sentit intimement connectée à elle.

Toujours postés au comptoir, ils virent que le groupe revenait sur scène. Moïse suivit Zac qui fendait la foule à l'aveugle pour récupérer sa place près de la scène. En chemin, elle entendit cette dédicace : « Cette chanson est pour une femme que je connais sans la connaître et que j'ai toujours aimée sans qu'elle le sache. »

Les premières notes de *Hand in Glove* des Smiths emplirent la salle. Elle n'en croyait pas ses oreilles. Sa vue se brouilla de larmes.

La guitare de Ioannis retenue par sa sangle pendait le long de sa jambe tandis qu'il diffusait son souffle sensible dans les rainures de son harmonica. Moïse se trouvait maintenant à ses pieds et le contemplait en contre-plongée. Aussi surpris qu'elle et saisi par la même émotion, Zac restait immobile, bras ballants. La reprise montait en tension. Entre deux riffs de guitare, Ioannis mima de parfaits déhanchés morrisséens dont la vision la projeta au plus haut de l'extase. Elle n'était pas la seule à être sensible à son charisme de pop star. Une flopée d'adolescentes aux yeux cernées de khôl se pâmait devant lui, lui dévoilant sans pudeur leur potentiel érotique.

— Il met le paquet..., lâcha Zac, oscillant entre l'amusement et la fierté.

Puis il saisit la main de Moïse, l'invitant à danser avec lui, comme ils l'avaient si souvent fait sur ce morceau. C'était le soir des plus belles réminiscences, au détail près qu'un élément frais venait de s'insérer dans leurs souvenirs. Sa seule présence ravivait leur patine. Non, elle ravivait l'univers tout entier.

La fin du concert les laissa groggy d'une sublime intensité. Les lumières se rallumaient déjà. Une partie du public rejoignit la sortie, les autres attendaient que le DJ entame son set.

Ils gagnèrent de nouveau le bar et partagèrent un autre verre dans un absolu silence. De cette sensation scintillante et cristalline comme un beau ciel d'hiver, il leur fallait atterrir.

Ioannis ne tarda pas à réapparaître. Parcourir la distance entre la scène et le bar lui prit un temps infini. Une poignée de fans l'avaient attendu et l'arrêtaient, tour à tour, pour le féliciter ou lui demander de faire un selfie en leur compagnie.

— Alors ? demanda-t-il, les retrouvant enfin.

Il se pencha pour embrasser Moïse. Un sourire éclatant lui mangeait le visage.

— Alors, tu es fabuleux ! s'écria Moïse.

— Merci… J'ai bien cru que vous n'alliez pas venir, bande de lâcheurs !

— Désolé, on a eu un peu de retard… C'est à cause d'elle, toujours à vouloir écouter ses vieux morceaux…

— Mais quel toupet ! rétorqua Moïse en riant, puis se retournant timidement vers Ioannis : Et merci pour ta dédicace…

Il fronça les sourcils. Zac et lui échangèrent un bref regard, adoptant le même air embarrassé.

— Ah… Je suis désolé si tu as cru que c'était pour toi…

Moïse blêmit de honte.

— Oh ! J'ai pensé que… Enfin, vu le choix du titre…

Le père et le fils éclatèrent de rire en chœur. Ioannis l'attira à lui pour la serrer dans ses bras.

— Mais je te charrie ! Évidemment que c'était pour toi ! Pour qui d'autre tu veux que je reprenne ce morceau ? Je me suis renseigné auprès de Papa. Ça fait des jours que je bosse dessus…

Vexée d'avoir été baladée, Moïse le repoussa gentiment.

— T'es aussi bête que ton père, toi ! Les chiens ne font pas des chats…

— Je suis heureux de voir que sous tes airs blasés, tu n'as rien perdu de ta naïveté, souligna Zac. Une enfant survit donc dans ce vieux corps…

— Je ne te retourne pas le compliment…

— Tu ne m'en veux pas ? lui demanda Ioannis avec une douceur extrême.

Ses grands yeux noirs surmontés de cils interminables battaient comme les petites ailes d'un oiseau charmant. Moïse sentit une vague d'amour l'envahir, de cet amour qui balayait toutes ses amertumes, les rendant à rebours dispensables et médiocres.

Au même moment, la lumière s'éteignit, *Stay With Me* des Mission ouvrit le bal.

Le DJ commençait son set. Les danseurs gothiques envahirent la piste. Les heures qui suivirent furent à placer parmi les plus pleines de sa vie. Moïse avait toujours consacré les pistes de danse comme des petits carrés de paradis inondés de lumières multicolores ou, mieux encore, de lumières noires. Elle s'y dégageait de sa pesanteur et des heures flasques.

Le masque de la nuit la révéla à elle-même dans une insoupçonnable clarté. Et comme alors, elle s'y reconnut et parvint presque à s'y aimer.

Au cœur de cette éternité magique, elle partagea avec Zac et Ioannis ce champ de retrait de la pensée d'où la plénitude de l'être jaillissait. La musique et la danse étaient les instigatrices de ce miracle.

Ils s'étreignirent souvent, sans s'arrêter de danser, sans se parler, et ne quittèrent la piste que pour aller se ravitailler en alcool. Mais en réalité, ce n'était qu'un réflexe de gens qui avaient toujours cherché une main à saisir. Car en cet instant, ils n'avaient nul besoin d'ajouter de l'ivresse à l'ivresse.

Chapitre 7

Durant les jours qui suivirent, Moïse passa beaucoup de temps dans leur appartement de Kypseli. Elle profitait des fréquentes absences de Zac qui devait s'occuper de sa prochaine exposition pour approfondir sa relation avec Ioannis.

Ce qui la touchait le plus était de sentir que son besoin de tisser un lien était réciproque. Il évoquait fréquemment sa mère, lui montrant des photos d'elle à différentes périodes de sa vie. Par chance, l'adolescent avait hérité de la beauté racée de Maria. Mais ce qui la surprit davantage fut de se sentir instinctivement proche d'elle. Outre le fait que Maria avait de longs cheveux châtains et des yeux noirs, Moïse perçut dans son regard une mélancolie commune.

Ioannis l'interrogea aussi au sujet d'Antoine. Il posa des questions très précises sur son caractère et sur ses aspirations. Visiblement Zac lui en avait dressé un portrait assez fouillé. Et son intérêt pour son choix d'une vie oisive semblait s'attacher davantage à un questionnement philosophique qu'à une simple quête d'information. Moïse se prêta volontiers au jeu. Parler d'Antoine lui permettait de se donner la sensation qu'il vivait encore pour elle et par elle. Elle se le réappropriait à son insu et contre sa volonté. Mais lorsque Ioannis évoqua son envie de le rencontrer, elle n'eut d'autre choix que de lui avouer, et de s'avouer à elle-même, le sentiment de l'impasse où elle était. Elle avait beau essayer de s'étourdir ailleurs, le temps filait, l'éloignant inexorablement de lui. Plus les jours passaient, plus l'hypothèse de le retrouver lui paraissait improbable. Les lettres qu'ils continuaient d'échanger régulièrement par mail s'avéraient de plus en plus paresseuses. À l'instar de leurs auteurs, elles s'asséchaient par manque de soin. Le plus cruel était de voir que par-delà les mots et les émotions boursouflées d'un romantisme mécanique, chacun d'eux survivait à l'évaporation de l'autre.

Un soir, alors qu'elle était vautrée sur son canapé à contempler le vide, Zac lui proposa de l'accompagner chez une amie à lui qui organisait un *sunset* apéro. En le disant, il réalisa que la nuit était tombée depuis longtemps et que pour le coucher de soleil, il faudrait repasser. Moïse refusa d'abord, prétendant qu'elle devait rentrer chez elle pour travailler à son livre. Zac lui rit au nez. Elle accepta et le suivit.

En chemin, ils firent une halte à un *periptero*, ces kiosques du coin de la rue ouverts très tard dans la nuit. Ils y achetèrent quelques bières et du *tsípouro*. Comme à son habitude, Zac insista pour tout régler.

Une question lui brûlait les lèvres. Elle avait toujours présumé que Zac était à peu près dans la même situation financière que la leur. Tous trois avaient choisi une option de vie telle qu'ils passaient leur temps à jongler avec le peu d'argent qu'ils récupéraient çà et là. Vivoter était un art dans lequel ils étaient passés maîtres. Dans ce contexte, comment arrivait-il à élever cet enfant ?

Elle s'apprêtait à le lui demander lorsque Zac s'arrêta devant la porte d'un immeuble et sonna à l'interphone.

Vanessa était une petite trentenaire à la chevelure bouclée avec des yeux perçants d'un bleu qui tirait sur le mauve. Sa robe était cintrée à la taille et assortie à ses yeux. Cela lui donnait un style rétro et élégant qui mettait en valeur ses formes arrondies. Elle les accueillit avec une énergie chaleureuse, tout en leur reprochant d'avoir loupé la magie du spectacle.

Dans ce grand appartement de Neapoli que lui avait loué un couple d'Allemands partis faire un long voyage en Amérique du Sud, elle jouissait d'une grande terrasse qui permettait d'imaginer la splendeur du coucher de soleil sans l'avoir vu.

— Le mari est un artiste très connu ! précisa-t-elle fièrement comme si le fameux mari était le sien.

Moïse hocha la tête et prit un air d'admiration mécanique tout en observant la jeune femme, qui agitait la tête de manière intempestive. Elle se dit qu'elle devait être extrêmement angoissée. Celle-ci la fixait, bouche légèrement entrouverte, comme suspendue à une marque d'intérêt plus prononcée de la part de son interlocutrice. Vanessa avait l'air d'attendre qu'elle s'enquît du domaine dans lequel le type investissait son talent. Mais par paresse et surtout par indifférence, elle ne lui fit pas ce plaisir. Moïse n'était pas à Athènes depuis longtemps mais Zac l'avait suffisamment traînée dans des vernissages pour savoir que les vieux pavés de la cité antique croulaient sous le poids de talents internationaux plus ou moins discutables. À moins que ce ne fût sous celui de leur vanité. Faute de pouvoir se répandre sur le mari, Vanessa évoqua sa femme.

— Elle a trente ans de moins que lui, elle est mannequin. C'est le coup classique, tu vois le genre ?

— Très bien…, acquiesça Moïse en la gratifiant d'un sourire complice. Je peux me servir un verre ? demanda-t-elle en s'installant sur la terrasse.

— Bien sûr, vas-y ! dit-elle en désignant la bouteille de *tsípouro*.

— Tu attends d'autres gens ? s'enquit Moïse en constatant que Zac et elle étaient les seuls invités présents.

D'un mouvement circulaire, son regard balaya l'espace. Elle réalisa que même Zac semblait avoir disparu.

— T'inquiète, ça va venir… Ici, les gens prennent leur temps. Avoir deux heures de retard minimum est une marque de savoir-vivre…, plaisanta-t-elle en respirant le doux parfum du soir d'un air éminemment inspiré. J'adore cet endroit, lâcha-t-elle. Les Allemands rentrent de leur périple, je dois partir…

— Zac m'a dit que tu vivais également à Rome ?

— Oui, mon mec et moi y avons monté un centre d'art dans le quartier de San Lorenzo. Mais je n'aime plus trop Rome, alors j'y vais le moins souvent possible… Je préfère la douce rugosité d'Athènes.

Moïse pensa que, sans se l'avouer, c'était peut-être son mec qu'elle n'aimait plus trop. Elle-même s'abritait derrière tout un tas de raisons alambiquées pour expliquer le départ d'Antoine. Peut-être l'explication était-elle plus simple. Il ne l'aimait plus, voilà tout. Cette hypothèse lui transperça le cœur.

Elle trouvait cette fille charmante mais force était de constater que son hypersensibilité extravertie la déstabilisait. Elle vit réapparaître Zac avec un immense soulagement.

— Alors, tu te casses d'ici ? demanda-t-il en s'asseyant près de Vanessa.

— Ne m'en parle pas, je suis verte !

— J'aurais plutôt dit bleue, mais enfin…, lâcha-t-il en faisant allusion à sa robe.

Aucune d'elles ne releva la vanne pour éviter de le vexer.

— Heureusement que Seb et Valérie me sous-louent leur loft à Metaxourgeío. Ils me sauvent la vie !

— Ah ouais, c'est cool, là-bas… Tu ne perds pas trop au change… Mais eux, où vont-ils habiter ?

— Lui part en résidence d'artiste sur une île lointaine et elle va rentrer à Paris pour quelques mois. C'est le moment pour elle, ses céramiques cartonnent… Tous les magazines de déco mettent son travail à l'honneur.

— Chouette ! dit Zac avec ce désintérêt patent pour le succès des autres que Moïse lui connaissait bien. C'est vrai qu'en ce moment, la céramique a la cote…

— Oui, c'est pour ça qu'elle doit rentrer à Paris, parce que si tu veux mon avis, ici tu t'inspires, tu fabriques, mais tu ne connais jamais vraiment le succès… C'est maintenant qu'il faut enfoncer le clou !

— Enfonçons, enfonçons les clous… Le dernier se plantera dans le bois rutilant de notre cercueil…, lâcha-t-il dans un sarcasme acide.

En entendant ces mots, Vanessa se remit à dodeliner de la tête, oscillant entre la perplexité et la résignation.

— Mais quel batcave ! dit Moïse en éclatant de rire.

— Non, réaliste, rétorqua-t-il dans un début d'ivresse. En tout cas, c'est fou ce que les gens aiment décorer leur maison… Avoir de beaux vases, de belles assiettes… Comme le monde gagnerait en hauteur s'ils faisaient preuve de la même exigence avec leur intériorité qu'avec leur intérieur…

— Oh, Zac, pour une fois, arrête avec ta méchante ironie… J'ai vraiment besoin d'être entourée de sérénité, déclara Vanessa avec grandiloquence.

— Si c'est le cas, je crains que tu ne doives me rayer de tes amis… Mais pour l'instant, tu vas devoir te contenter de moi. Je suis peut-être un monstre mais je suis le seul à être venu à ton *sunset* apéro…

Tous trois trinquèrent à la froide réalité de leur esseulement. Le tintement de leurs verres en annonça la fin. La sonnette de l'interphone retentit plusieurs fois, créant un vacarme monstre. Vanessa semblait faire partie des gens qui se sentent agressés par à peu près tout. Elle fronça les sourcils dans une mimique douloureuse.

— Zac, tu peux aller ouvrir, s'il te plaît ?

La cigarette vissée au sourire, Zac se leva et sortit gaiement de la terrasse. Lorsque Vanessa tira sur son filtre tout en la fixant, Moïse eut la sensation que c'était elle tout entière qui se faisait aspirer.

— Je ne sais pas ce que j'ai, je suis complètement déprimée… Je n'aurais pas dû organiser cette petite sauterie… Je crois que j'appréhende de bouger à Metaxourgeío…, avoua-t-elle avec beaucoup de gravité.

Moïse détourna son attention de Vanessa pour s'émerveiller de l'incroyable spectacle qu'offrait la terrasse. De là, la ville s'étendait comme un tapis de lumière qui masquait son désordre. Les collines qui entouraient Athènes ressemblaient soudain à des dunes obscures et mystérieuses.

— Comme je te comprends… Parfois changer de quartier s'avère bien plus violent que changer de pays, finit-elle par dire avec ce cynisme transparent qui échappait totalement aux êtres qu'une salvatrice autodérision avait lobé à la naissance.

Tomaso et Laurent, deux autres artistes que Moïse avait croisés à diverses occasions, débarquèrent à grand bruit. Ils venaient de passer trois heures dans un bar à regarder le match de foot qui opposait Naples à Liverpool. Naples avait gagné. Tomaso semblait nager en mer de jubilation et de bière. Comme beaucoup de Napolitains, sa napolinité signifiait bien plus à ses yeux que son italianité.

En l'observant exprimer sa joie avec tant de frénésie candide, Moïse pensa qu'il illustrait à merveille le mot de Cocteau disant que les Italiens étaient des Français de bonne humeur.

En outre, le peu de fois où elle avait eu l'occasion d'échanger avec ce garçon lui avait permis de saisir que Tomaso était le genre d'artiste assez peu couru, dont la profonde humilité le disputait au talent. Son ami Laurent était l'archétype du jeune Parisien à l'aise en toutes circonstances. Il était sympathique mais constamment survolté. Elle l'avait remarqué lors d'un autre apéro sur une autre terrasse d'un autre appartement qu'une autre amie de Zac possédait dans le chicissime quartier de Kolonaki. Il semblait ne pas la reconnaître. Ce genre de déconvenue arrivait si souvent à Moïse qu'elle y prêta à peine attention. En garçon bien éduqué, Laurent s'en montra terriblement confus.

— Vraiment, je ne vois pas... Je suis désolé... Comment tu t'appelles ?

— Moïse.

Il fit semblant de réfléchir tout en conservant son air navré.

— Non, vraiment, je ne vois pas..., conclut-il. C'était à mon vernissage ?

— Non, c'était...

— Moïse est la compagne d'Antoine, intervint Zac, jugeant que l'affaire traînait un peu trop en longueur.

À la mention du nom d'Antoine, le visage de Laurent récupéra toute sa lumière.

— Non, c'est pas vrai ?! demanda-t-il avec enthousiasme. L'espace d'une seconde, Moïse fut tentée de lui dire que non, ce n'était plus vrai. Mais putain, il est où ? Il est là ? reprit-il en fourrageant le lieu des yeux, enorgueilli d'un sourire où toute sa jeunesse s'exprimait.

— Non, le mardi soir, c'est pas trop son truc.

Zac la reluqua avec perplexité. Elle lui répondit en haussant les épaules avec résignation. Contrairement à ce qu'il devait croire, c'était l'indolence et non l'embarras qui avait motivé ce stupide mensonge.

Laurent adopta un air déçu et réajusta sa casquette.

— J'aurais trop aimé le revoir, en vrai. On a trop rigolé la dernière fois !

Moïse sentit son cœur se serrer. Ce qu'elle ne cessait de présager se matérialisait par les mots innocents de ce garçon. Antoine pouvait rire au sein d'une existence privée de sa présence. Flairant derrière cette emphase un vieux réflexe de sociabilité parisienne, elle veilla à conserver son sourire.

— C'est vrai qu'il est drôle…

Le sarcasme échappa à Laurent.

— Eh, ça manque de musique, ici ! s'écria-t-il en filant vers l'intérieur où se trouvait l'ordinateur.

— Non, tu commences pas à foutre le bordel, Laurent, s'il te plaît ! l'apostropha Vanessa avec un air qui était imperceptiblement passé de la lassitude à l'agacement.

— Moi, je me souviens très bien de toi, lui dit Tomaso en se servant un verre. C'est cool de te revoir…

Moïse le gratifia d'une mimique chaleureuse. Elle aimait écouter les Italiens parler le français. La moindre banalité sortant de leur bouche résonnait en elle comme une chanson d'amour.

— Ça va, l'écriture ? Athènes t'inspire ?

La question la prit au dépourvu. Elle ne se rappelait pas lui avoir confié qu'elle était écrivain. En général, elle préférait le cacher pour ne pas avoir à répondre à la fameuse question : « Et tu écris sur quoi ? »

Zac, qui n'était pas loin d'atteindre le demi-litre de *tsípouro*, s'immisça de nouveau dans la conversation.

— Non, ce qui l'inspire c'est moi ! Lis ses livres, tu verras que je ne raconte pas de conneries... Ce qu'elle aime plus que tout au monde, c'est me démolir en inventant n'importe quoi..., dit-il d'une voix ivre teintée d'amertume.

— T'es sûr de ce que tu dis ? rétorqua-t-elle d'un ton acerbe. Personnellement, je trouve que j'ai été assez sympa avec toi...

Zac se doutait qu'elle le fusillait du regard et veillait à fuir celui-ci en se cantonnant à fixer le visage rond et doux de Tomaso. Moïse posa doucement une main sur l'épaule de ce dernier.

— Ne l'écoute pas... Il a l'alcool mauvais. C'est un vieil aigri...

— Il y a de l'électricité dans l'air..., constata-t-il. On dirait un vieux couple... Chez vous, c'est tous les jours *Festen* ou c'est juste ce soir ?

— Je ne savais pas que tu écrivais, intervint Vanessa en adressant à Moïse son regard le plus admiratif. Et tu écris sur quoi ?

Soudain, un énorme beuglement que certains appelaient de la musique surgit des enceintes et lui sauva la mise. Vanessa, qui ne ratait jamais une occasion de montrer son talent pour l'expressionnisme allemand, flanqua ses deux mains sur ses oreilles.

— Oh mais quelle horreur ! s'exclama-t-elle en écarquillant les yeux d'effroi.

Zac fut pris d'un fou rire inextinguible et communicatif.

Dans la pièce attenante à la terrasse, Laurent dansait tout seul en chantant par cœur les paroles de son morceau de rap. Moïse jaugeait son cabotinage avec tendresse à travers la grande baie vitrée. Elle lui trouva une certaine grâce et remarqua que son look oversize lui allait à merveille. De manière générale, il donnait l'impression que le monde avait été taillé pour lui sur mesure.

Sourd aux hurlements de Vanessa qui lui ordonnait de baisser le son, il continuait de chanter et d'agiter ses mains en formant des spirales façon gangsta. Bien que le spectacle de la fureur de Vanessa mêlée au show de Laurent fût amusant, la voix vocodée du rappeur donnait au moment une couleur atroce. Sans interrompre ses mouvements, Laurent s'avança sur la terrasse et informa Moïse du nom de l'interprète en répétant plusieurs fois que le type était génial, « en vrai ».

Elle lui avoua qu'elle n'en avait jamais entendu parler.

Il lui adressa un regard teinté de légère condescendance où elle lut « c'est normal, vu ton âge, en vrai... »

Ces trois minutes furent un véritable supplice pour ses oreilles et tout le reste de son corps faillit ne pas y survivre. En même temps, la jeunesse et la fougue dont les mouvements de Laurent étaient empreints s'avéraient tout bonnement sublimes à contempler.

Sur l'instant, l'idée sournoise qu'il pouvait être son fils, de même que leur hôte sa fille, se rappela à son bon souvenir. Après tout, Vanessa ne devait pas avoir plus de trente ans. Pour s'en assurer, il suffisait d'observer son visage de poupée à la peau lisse et laiteuse où éclataient ses yeux bleus striés par de pâles faisceaux. Mais elle parlait avec tant de sérieux, appuyant sur chaque mot, qu'il lui semblait qu'elle avait toujours eu cent ans.

Les gens naissent avec un âge qu'ils gardent toute leur vie, pensa Moïse.

Encouragée par l'attention qu'elle lui portait, Vanessa saisit l'occasion de partager ses impressions d'auteure avec celle qu'elle considérait désormais comme une « consœur ». Elle évoqua un texte qu'elle avait commencé d'écrire au sujet de son endométriose.

— Je peux te dire que j'ai morflé avant qu'on la diagnostique… J'en ai vu de toutes les couleurs…

— Tu peux avoir des enfants ? la questionna Moïse, aussitôt frappée par sa propre maladresse.

Elle s'en mordit les lèvres. Pourquoi cette question lui était-elle venue en tête alors qu'elle ne l'avait jamais vraiment taraudée dans le cadre de sa propre existence ? C'était d'autant plus stupide qu'elle était l'exemple même qu'une vie de femme pouvait s'envisager de mille autres façons… Elle se sentit conne, conne et impardonnable. Combien de fois avait-elle dû affronter le mépris ou, pire encore, la pitié à peine masquée de proches ou d'inconnus face au fait qu'elle n'avait pas eu d'enfants ?

— Oui, peut-être... Mais ce ne sera pas facile..., articula-t-elle dans un murmure. Ce qui me dégoûte le plus c'est que tout ça reste tabou...

Elle plongea son nez dans son verre de *tsípouro*, histoire de tromper la brûlure par une autre brûlure. Vanessa, débarrassée de ses masques, se révélait une fille profonde et attachante. Tant de douleur émanait d'elle que Moïse en eut les larmes aux yeux. Elle apaisa sa culpabilité en se disant qu'elle avait peut-être un peu trop bu et qu'elle était trop vieille. Une vieille qui buvait finissait toujours par avoir la larme à l'œil parce qu'elle se rappelait qu'il n'y avait plus rien à rattraper.

— Je suis sûre que ton texte sera magnifique, affirma-t-elle dans un élan de sororité sincère.

Pour autant, elle ne perdait pas de vue que l'histoire de Vanessa lui donnerait sans doute du grain à moudre pour un roman.

Elle était consciente qu'il y avait quelque chose d'effroyable dans son automatisme à envisager la moindre situation dans son potentiel littéraire. Sans savoir pourquoi, Vanessa l'estimait assez digne de confiance pour lui livrer l'une de ses plus intimes souffrances. Elle imaginait trouver en elle une oreille amicale et généreuse, sans se douter un instant qu'en dépit de sa profonde empathie envers elle,

Moïse était aussi un vampire qui lui faisait les yeux doux.

— On y va ? lui suggéra Zac que le réalisme de la conversation ennuyait à un point qui le rendait insultant.

— Ah non, ne partez pas… J'ai trop envie de commander de la coke, en vrai ! lança Laurent.

En entendant le mot magique, Moïse revint à la vie. Pleine d'une délectation morose, elle se dit : c'est toujours pareil avec moi, dès qu'il y a moyen de prendre un peu de coke, le réflexe pavlovien me foudroie. Tout mon corps se ramasse, je me mets sur les rangs.

Soudain, il n'était plus question d'accepter l'offre de Zac. Pour la déloger de ce lieu, il allait devoir convoquer tout ce que la ville comptait de bulldozers. Il saisit le renversement de situation dans la seconde et se résolut à rester en émettant par principe quelques borborygmes censés être des plaintes.

En revanche, la réaction de Vanessa fut immédiate et l'étonna. L'air bouleversé, elle refusa catégoriquement qu'on prenne de la coke chez elle. Moïse vit qu'elle était au bord des larmes.

— Votre systématisme avec la drogue me met très mal à l'aise… Chaque dîner, chaque soirée, se termine de la même manière, c'est pas possible ! En plus, j'ai pas envie d'aller me coucher à cinq heures du mat'. C'est un apéro, pas une soirée, précisa-t-elle de nouveau, prenant Moïse à témoin.

Cette dernière acquiesça de la tête avec docilité mais tout son être priait pour que Laurent arrive à la convaincre.

— Allez, s'te plaît Vanessa, on fait pas ça devant toi…, la supplia-t-il en joignant ses deux mains. En vrai, on prend deux petites lignes et on se casse… Promis, on s'incruste pas toute la nuit…

Son mutisme résonna comme une capitulation. Laurent jeta une œillade rusée à Tomaso en guise de feu vert. Penché sur son WhatsApp, Tomaso tapa aussitôt l'adresse au dealer. Il avait l'air d'avoir des scrupules mais Moïse savait que son attitude n'était que pure forme. Les fêtards n'avaient pour seul objectif que de poursuivre la fête. Ce seul objectif remettait tout scrupule au lendemain.

Chapitre 8

Le dealer débarqua au bout de dix minutes. Vanessa eut l'élégance de ne pas leur resservir l'histoire de la fille mécontente mais au fond d'elle-même, elle fulminait.

Moïse lui faussa compagnie et rejoignit le salon. Ne prenant pas de drogue, Zac la remplaça pour faire front commun.

Tomaso était agenouillé près de la table basse. Avec une application de bon élève, il était en train de travailler la coke avec sa carte bleue sur la couverture rutilante de *La Ballade de la dépendance sexuelle* de Nan Goldin.

Moïse ne tarda pas à trouver le temps long. L'exécution de l'artiste s'avérait aussi interminable que sa dextérité était grande. Il écrasait le petit tas compact, formait quatre lignes qu'il détruisait de nouveau afin de les refaire. En bon communiste napolitain, il visait l'équilibre parfait, tenant à ce que personne ne soit lésé.

Laurent et elle trépignaient autour de la table en guettant l'heure du soulagement. Ils échangèrent un regard complice puis éclatèrent de rire, gardant à l'esprit que c'était Tomaso qui avait entièrement payé la drogue. Aucun d'eux n'osa exprimer son impatience.

Ils purent enfin prendre leur trait, et comme une bonne nouvelle n'arrive jamais seule, Laurent passa l'électrisant *No G.D.M.* de Gina X. Ses yeux brillants comme deux saphirs bordaient l'arête de l'écran de l'ordinateur. Ils observaient Moïse qui dansait de manière totalement débridée. Elle prenait un plaisir indicible à se mouvoir sur ce morceau dont elle avait l'air de connaître les plus infimes nuances et dont son corps pouvait anticiper la moindre digression. Laurent bondit sur ses deux pieds et vint danser face à elle.

— Rho putain ! En vrai, tu le sens bien ! s'exclama-t-il en hochant la tête d'un air admiratif.

Moïse ne put s'empêcher de penser qu'en vrai, il devait se dire qu'elle dansait pas mal pour une fille de son âge.

— Ouais, j'adore…, affirma-t-elle, pleine d'une fausse humilité.

Mais au fond d'elle-même, elle se sentait emportée par un vent d'une insondable jeunesse. Cocaïne, musique, danse, tous ses signaux étaient au vert. Sur l'instant, elle réalisa que retrouver la vibration de sa jeunesse enfuie était la principale raison pour laquelle elle aimait la drogue. Et comme chaque fois qu'elle se retrouvait dans cet état, elle pria pour que la nuit soit éternelle.

Après la deuxième ligne, les conversations redoublèrent d'intensité. Ça ne loupait jamais... Désormais, tous trois se percevaient comme des êtres hyper profonds, liés par une connivence inextinguible. Vanessa et Zac étaient sans doute les seuls à être conscients que ce lien indéfectible ne survivrait pas au seuil de la porte.

Tomaso confia à Moïse les déboires sentimentaux que sa petite amie qui était également peintre et lui avaient connus. Leurs carrières respectives n'évoluaient pas au même rythme. Cela instaurait entre eux un climat de rivalité.

— Je ne comprends pas qu'on puisse éprouver le moindre sentiment de jalousie ! Au contraire, on devrait se soutenir, être fiers l'un de l'autre, dit-il dans un flot très rapide.

— Moi, je le comprends... L'un n'empêche pas l'autre ! Vous êtes loin d'être une exception... Je ne sais pas pourquoi ça t'étonne... Les couples d'artistes qui se déchirent et qui portent leur rivalité jusqu'à la haine sont légion. Zelda Fitzgerald était folle de jalousie du talent de Scott. Elle a tout fait pour le détruire...

— Je sais... Il n'empêche que c'est assez misérable...

— Humain, trop humain...

— Comme tu dis ! concéda-t-il. Aujourd'hui, ça va mieux... On s'est retrouvés, c'est plus cool.

— Oui, enfin, tu sais, ces sentiments-là ne disparaissent jamais tout à fait…

Le son de l'interphone interrompit la conversation.

— Ah, je pense que c'est elle ! lança-t-il en se précipitant amoureusement vers la porte pour répondre.

Moïse entendait Vanessa râler sur ce qui n'était plus une hypothèse, mais une certitude de dérapage imminent de son apéro. Elle ne prit pas la peine de lui faire remarquer qu'il était déjà une heure du matin et que le jeune Laurent était en train de monter le volume de la Bose. Son intérêt était définitivement rivé ailleurs. Le petit monticule blanc laissé par Tomaso lui faisait les yeux doux. Elle ne résista qu'une seconde avant de céder à la tentation. Elle rejoignit la table basse et s'assit par terre pour se composer une ligne.

Un brouhaha montant de l'escalier lui indiqua que Sofia n'était pas seule. Elle se gaussa d'avance de la mauvaise humeur de la maîtresse de maison. Voyant que Tomaso s'apprêtait à ouvrir la porte, Moïse se précipita sur sa ligne et l'inhala à toute berzingue.

Sofia fut la première à pénétrer dans le salon. C'était une grande brune, vêtue de noir comme il se devait. Son visage interpellait le regard par la nature cubiste de ses traits. Moïse appréciait ce genre de physique qui, sans répondre aux canons de beauté classique, dégageait une forte puissance attractive. Sofia la jaugea de loin puis la salua d'un geste de la main avant d'être bousculée par ses amis. Cerise sur le gâteau amer de Vanessa, ces derniers étaient au nombre de six. Ils avaient les bras chargés de bières, des Mamos récupérées au *periptero*. Leur groupe formait une masse noire et bruyante. Leur conversation en grec semblait décousue, et témoignait du fait qu'ils n'en étaient pas à la première étape de leur virée. Moïse continua de stagner près de la table basse dans l'intention de s'octroyer un petit supplément d'âme.

— Tu m'en fais une s'te plaît, dit Laurent en se précipitant vers elle.

Pour toute réponse, elle s'exécuta sans bouder la joie que lui procurait l'instant.

Alors qu'il aspirait son trait, elle détourna la tête et découvrit avec stupeur qu'Antoine se trouvait à quelques mètres d'elle et la toisait sans ciller. Elle en perdit son sourire et devint livide. Quant à lui, il chancelait de surprise.

— Qu'est-ce que tu fous là ? articula-t-il en essayant de maîtriser son émotivité.

Une fois encore, il avait passé l'après-midi au *kafeneio* de l'Akademia Platonos et avait enchaîné les *tsípouro* en compagnie de Stavros et de quelques amis qui étaient passés pour prendre un verre. Après quoi, ils avaient insisté pour qu'Antoine les accompagne à cette fête. Moïse était la dernière personne qu'il s'attendait à voir.

Elle se leva et s'avança vers lui, le cœur battant.

— Je suis là pour toi…, dit-elle, bousculée par toutes sortes de sentiments.

— Je vois ça…, répondit-il en désignant du menton la table où se trouvait la drogue.

— Ne te méprends pas… C'est la première fois que j'en prends depuis que je suis ici. Disons que c'est un accident de parcours…

— Bien sûr, lâcha-t-il dans un demi-sourire.

— Je te le jure ! dit-elle en levant solennellement la main. Tout ça ne me dit plus rien…

— Oui, jusqu'à la prochaine fête, argua-t-il, un peu raide. Depuis quand tu es à Athènes ? Pourquoi tu ne m'as pas dit que tu étais là ?

— J'sais pas… J'avais peur de tout gâcher… Ne m'en veux pas, s'il te plaît !

Le ton était trop suppliant pour être tout à fait crédible. Elle le regretta dans la seconde.

— Je t'en veux pas… Je suis heureux de te voir, lui répondit-il avec douceur, ignorant cette petite voix qui lui susurrait qu'il n'était pas prêt pour ces retrouvailles.

Antoine l'attira à lui et la serra dans ses bras. Elle s'abandonna à cette étreinte en essayant de calmer les battements de son cœur.

— Moi aussi… Si tu savais… Ma vie sans toi est un désert…

— Ton désert a l'air très très peuplé, remarqua-t-il tout en s'écartant d'elle. Il venait d'apercevoir Zac qui discutait avec des gens sur la terrasse. Vous vous êtes bien foutus de ma gueule tous les deux…

Elle ne perçut pas la moindre animosité chez lui. Cela apaisa une partie de ses angoisses.

— Aucune intention de se foutre de ta gueule… C'est moi qui ai demandé à Zac de ne rien te dire. Je voulais te préserver.

— C'est vraiment trop gentil… Écoute, je ne vais pas pouvoir rester…, dit-il en se retournant vers la porte.

— Ah non, ne pars pas ! lui ordonna-t-elle dans un élan brutal et désespéré.

Elle s'interposa entre Antoine et la porte. Il s'arrêta. Ils se dévisagèrent presque par défi. Il vit qu'elle avait les larmes aux yeux.

— J'ai l'impression de faire un voyage spatio-temporel. Je me retrouve à Paris dans une fête et toi, tu es la même… C'est un cauchemar, dit-il. C'est moi qui suis dans un désert. Je crie mais tu ne m'entends pas…

Soudain, tout son être croulait sous le poids d'une lassitude immémoriale. Il fit un pas de côté dans le but de la contourner, mais elle lui fit encore barrage.

— Bon sang, qu'est-ce que tu attends de moi ?

Il contempla son regard éploré, les larmes qui coulaient le long de ses joues, et lui prit la main. Il sentit qu'il l'aimait toujours. Il l'aimait par-delà ses failles. Il l'aimait même plus qu'avant. Mais dans le même temps, il ne pouvait nier que la revoir mordue de ses éternels démons et de sa nuit sans fin le remplissait de colère.

— Je ne sais plus si nous pourrons un jour sortir de tout ça…, dit-il en jetant un regard sur les gens qui buvaient et papotaient. Je veux un truc que tu ne peux visiblement pas me donner… On se verra une autre fois !

Cette fois, il l'écarta et réussit à lui fausser compagnie. Il ouvrit la porte et dévala l'escalier à toute vitesse. Moïse demeura immobile, chancelante d'incertitude.

Elle vit que Zac l'observait avec gravité depuis la terrasse. De loin, il lui fit signe de réagir. Épouvantée par l'idée de perdre Antoine à nouveau et par le dégoût que lui inspirait subitement son addiction à la fête, elle se précipita hors de l'appartement puis de l'immeuble, retrouvant la nuit noire d'Athènes où elle cherchait sa silhouette comme l'unique moyen de se sauver.

Elle l'aperçut à l'angle de la rue Charilaou Trikoupi. Il attendait un taxi. Elle courut vers lui. *Delivery* des Babyshambles qui s'échappait d'une fenêtre se cognait à la nuit.

Chapitre 9

Ils marchèrent un moment sans se regarder ni se parler. Ils étaient trop tendus pour émettre un quelconque son qui ait du sens. De toute manière, il n'y avait plus le moindre os à ronger. Ils savaient tout de leur impasse.

C'était la première fois qu'ils déambulaient ensemble dans les rues de cette ville qui demeurait pour l'un et pour l'autre une curiosité exotique. Cette simple promenade constituait une aventure en soi.

Le silence dura un peu trop longtemps. Moïse se mit à soliloquer. Sans qu'elle le veuille, chacun de ses monologues intérieurs prenait l'aspect d'un début de roman.

Les trottoirs d'Athènes ne sont pas lisses, se dit-elle. On marche à Athènes comme sur un fil. Un moment d'inattention n'y est pas permis. La sanction serait immédiate. Ce serait la chute. Et Dieu seul sait où celle-ci mènerait. Les drames commencent toujours bêtement. On ne se méfie pas. On ne les voit pas venir. On est confiant…

Alors qu'ils abordaient la place Omonia, elle stoppa ses pas et rompit le silence.

— Tu sais que Zac a un fils ?

Antoine émit un petit rire indulgent.

— Oui, et moi j'ai des triplés…

— Ne te moque pas, je l'ai rencontré. Il a quinze ans, il s'appelle Ioannis.

Antoine, qui avait continué à marcher, revint en arrière pour se poster face à elle. Il la sonda intensément des yeux, comme s'il pensait trouver la clé du mystère au fond de ses pupilles.

— Comment est-ce possible ? l'interrogea-t-il, incrédule.

— Qu'est-ce que tu veux dire ? Tout est toujours possible… Mais en ce qui le concerne, ça s'est passé de manière très conventionnelle… Il l'a eu avec une femme dont il est tombé amoureux peu de temps après s'être installé avec son mec en Grèce. Elle est morte…

— Décidément, il nous en aura fait voir de toutes les couleurs, dit-il. Viens, on bouge…

Ils traversèrent la place et empruntèrent Athinas où noctambules et sans-abris partageaient la même nuit avinée.

— Il est très spécial…, poursuivit-elle. Il m'a beaucoup plu…

— Ah oui, vraiment ? releva-t-il non sans une pointe de mépris. Ça ne m'étonne pas que Zac n'ait finalement pas réussi à pondre la moindre œuvre…

Sa vie est beaucoup plus romanesque que tout ce qu'il pourrait inventer.

En jetant une brève œillade sur le côté, Moïse constata que la mâchoire d'Antoine s'était contractée et s'en indigna. Elle s'arrêta de nouveau et l'obligea à faire de même en l'agrippant fermement par le bras.

— Pourquoi tu es si dur avec les autres ? demanda-t-elle, sentant une pointe de colère fuser en elle. On a toujours l'impression d'être au tribunal avec toi !

— Je ne me trouve pas dur… Je suis méfiant, dit-il avant de monter d'un ton. Parfois, je me méfie même de toi parce que toi, tu ne te méfies de personne. Les gens te plaisent, le monde te plaît, alors que je ne cherche qu'à m'en protéger.

Le sang de Moïse se glaça.

— T'es injuste…, murmura-t-elle d'une voix étranglée par le découragement.

Elle hésitait à le planter là. Mais son visage fatigué par la longue quête d'un apaisement qu'il ne trouvait nulle part l'en dissuada. Antoine sentit qu'il était allé trop loin. Débordé par l'émotion, il l'étreignit violemment et se livra comme jamais.

— Pardonne-moi, tu as raison, c'est nul ! Ça fait trop longtemps que nous n'arrivons plus à nous parler… En perdant toute communication avec toi, j'ai perdu le seul espace au monde où je pouvais être moi-même. Tout m'ennuie et ça me terrifie. Si j'aimais assez la vie, je me suiciderais… Mais les airs de tragédie me vont aussi mal qu'une femme trop fardée. Moïse, j'ai résolument besoin d'un abri.

Pourquoi pas une île ? Il y en a tant, ici ! On aurait des animaux, autant de chiens que tu veux… Je t'en prie, viens avec moi !

Ils demeurèrent serrés l'un contre l'autre, de nouveau remplis de cette douceur immémoriale qui les scellait l'un à l'autre mais dont, en cet instant, tous deux appréhendaient la brièveté. Le menton posé sur l'épaule d'Antoine, Moïse aperçut le Parthénon. Il trônait au-dessus de la place Monastiraki, comme un phare de sagesse face à l'errance des êtres. Elle songea aux histoires, toutes ces histoires qui se croisaient, se superposaient, ces histoires qui composaient la mémoire des hommes et tissaient la trame de l'univers. Mémoire d'éther. Akasha. Elle frissonna.

Ils reprirent leur route, main dans la main. À son insu, elle lui transmit ses vibrations intimes. Il sentit que quelque chose venait de se modifier en elle. Mais un mur d'orgueil continuait de se dresser entre eux, les empêchant de se livrer l'un à l'autre.

Ils tournèrent à gauche sur Sokratous. À mesure qu'ils avançaient, le chemin déroulait les pires images de misère humaine dans un travelling lent et terrifiant. Des hommes et des femmes en guenilles, défoncés au crack, traînaient tels des zombies sur les trottoirs ou gisaient, décharnés, à même le sol au milieu des détritus.

— Salut les touristes, le spectacle est à votre goût ? entendirent-ils soudain.

Intrigués, ils s'arrêtèrent pour trouver à qui appartenait cette voix qu'une consommation excessive de tabac avait rendue rauque. Elle s'était adressée à eux dans un français qu'un léger accent grec venait titiller.

— Vous vous croyez à l'abri ?

À force de fouiller l'obscurité, ils identifièrent une silhouette de femme, debout sous un porche, adossée à un mur.

Entraînant Moïse par la main, Antoine s'y engouffra.

Lorsqu'ils s'approchèrent, ils réalisèrent que la femme avait dans les soixante-dix ans et portait des vestiges de beauté et d'élégance qui transparaissaient au travers des marques patentes d'une vie âpre. Ces beaux restes laissaient supposer que sa présence dans ce lieu était due à un accident et non à une prédestination.

— À l'abri ? Certainement pas, lui répondit Antoine avec un soupçon de suffisance qui lui échappait. Au contraire, j'ai peur…

L'ombre qui scindait son visage en deux ne parvint pas à masquer les marques d'étonnement. Elle s'attendait à leur prévisible indifférence et sembla presque déroutée par l'intérêt qu'ils lui portaient. Mais elle se reprit rapidement.

— Et toi, *koritsi mou*, tu as peur aussi ? dit-elle en allumant une cigarette.

À la lueur de la flamme, l'expression de ses yeux reflétaient une étonnante jeunesse et la marque d'une lucidité tranquille presque irréelle.

Contrairement à son habitude, Moïse ne chercha pas à se défendre par diverses afféteries.

— Oui, à chaque instant…

La femme hoqueta un rire attendri. Elle ralluma le briquet et fit vaciller la flamme près de ses yeux qu'elle étudia d'un air concentré.

— On ne tue pas la peur avec de la drogue, c'est à peine si on l'anesthésie… Tu devrais t'arrêter… Cesse de te fuir. Reconnecte-toi à toi-même. Tu chemines dans une impasse plus sombre que ce porche, dit-elle en crachant des ronds de fumée.

Moïse resta bouche bée face à tant de clairvoyance. En la contemplant de près, elle perçut la dimension mystique du personnage. Dans ce décor aux allures de chaos, un halo de lumière détourait sa silhouette. Ce n'était pas une lumière auréolée de mystère, hors du temps. Cette lumière donnait plutôt l'impression d'être mue par l'énergie statique d'un voyage immobile, un voyage sans fin.

Déstabilisée qu'une telle assurance puisse émerger d'un corps si famélique et si fragile, elle chercha par instinct un début d'explication auprès d'Antoine. Mais celui-ci n'avait d'yeux que pour cette inconnue en laquelle il voyait une sorte de guide inattendue. L'attention de celle-ci se porta sur lui. Elle s'amusa gentiment de sa sidération.

— Ne me regarde pas comme ça, lui dit-elle. Je ne suis ni une sorcière, ni une ombre divine. J'ai fait le même chemin que toi, animée des mêmes interrogations… Je vous ressemblais comme une sœur. Propre comme un sou neuf mais maussade. La vie m'ennuyait, je ne m'en rendais pas vraiment compte parce que je m'agitais. Et il y a eu un triste événement… Chacun de nous, un jour ou l'autre, connaît un triste événement… Il a stoppé ma course folle. Une course au néant sur laquelle je fondais de flous espoirs… Je me suis regardée dans la glace, paralysée, et j'ai vu que j'étais entièrement recouverte des cendres mortifères de l'embourgeoisement. À commencer par celui de la pensée. Au cœur de mon confort, je n'étais pas malheureuse. Et pour cause, j'étais éteinte. Le malheur est un bienfait parce qu'il charrie avec lui l'électricité qui ramène à la vie… J'ai alors compris que tout ce que je cherchais était ailleurs… Dans le retrait de soi et le regard pour l'autre, un pays où mes certitudes les plus profondément ancrées se sentiraient étrangères, exilées, en déséquilibre. Si je voulais renaître et devenir ce que je n'étais pas, alors il allait me falloir revenir à poil. Ensuite, je me suis mise à explorer la perte jusque dans les interstices. Toi, tu scandes l'esthétique de la perte mais tu veux gagner… Comment tu t'appelles ?

— Antoine, répondit-il dans un chuchotement, comme s'il craignait que la pythie ne disparaisse dans un simple souffle émis par lui.

— Et toi, comment tu t'appelles ?

— Moïse…

— Ah ! Ça ne s'invente pas… Lorsqu'on porte un tel nom, le moins que l'on puisse faire c'est de vivre à la verticale, en suivant ses propres lois, souligna-t-elle gentiment. Fais-toi confiance et montre ton courage ! Dieu vomit les tièdes… Tu as renoncé à fréquenter la chambre secrète en toi. Nous avons tous une chambre secrète qu'il nous faut visiter et nourrir de pensées et d'aventures renouvelées. La tienne n'est plus qu'un grenier plein de poussière. Elle revint à Antoine. Toi, c'est autre chose… Tu connais les recoins de ta chambre secrète par cœur mais les fenêtres y sont closes. Tu penses qu'elle te sert de rempart mais elle est ta prison. Tu te méfies des autres, alors que tu ne dois te méfier que de toi-même.

— Je n'ai pas cette sensation, regimba Antoine. Au contraire…

Heurté dans ses profondeurs, un éclair dur et froid stria ses yeux. La femme le considéra avec bienveillance.

— Réfléchis. Lorsque tu auras quitté cette rue qui a tous les traits de l'enfer, pense à ce que je t'ai dit. Tu dois tuer tant de choses en toi… Ici, en Grèce, on pense depuis toujours que toute initiation doit passer par la mort. Tue tes fondements les plus rassurants. Tue-les de tes propres mains, tu auras plus de force. Toi qui cherches à t'élever, tu ne pourras pas y échapper. La vie est une expérience que tu dois embrasser dans sa totalité…

L'humeur d'Antoine changea du tout au tout. Il avait l'impression qu'un océan de miel et de lumière déferlait en lui. Dans un étrange élan simultané et pour s'assurer qu'ils ne rêvaient pas, ils levèrent les yeux au ciel mais se cognèrent à la voûte du porche.

Alors qu'elle les contemplait sans ciller, ils continuaient de stagner face à elle, pantois.

— Partez, maintenant, je dois m'occuper de nos frères... Il faut toujours quelqu'un pour regarder les maudits et leur prouver qu'ils existent encore... Ne croyez pas qu'ils soient différents de vous. De cette misérable existence, ils tirent la seule force qui vous manque, ils n'ont plus peur.

Ils approuvèrent de la tête, pris d'une humilité inédite chez eux. Sans se le dire, ils étaient habités par la même envie de profiter d'elle encore un instant. Mais constatant qu'elle ne leur laissait aucune marge pour insister, ils s'exécutèrent avec obéissance. Une fois revenu dans la rue, Antoine chercha à se retourner vers le porche afin de s'octroyer une ultime vision de celle qui, en une seconde, avait démêlé ses pensées brouillonnes en la révélant par des mots limpides.

Il comprit qu'une force invisible l'en empêchait. Ils se résolurent à poursuivre leur chemin sans avoir élucidé cet énième mystère.

De nouveau engoncés dans cette rue étroite et suffocante, ils prirent conscience que ces quelques mètres leur jetaient à la face l'autre visage de l'Europe. Ils se mirent à fureter de toutes parts, en quête d'un espace capable de leur donner du souffle. Ils relevèrent la tête et s'accrochèrent à la première étoile venue.

L'univers leur apparaissait soudain si grand et ils se sentaient si petits.

Le silence s'imposait. L'intensité du moment ne pouvait être troublée par de simples mots.

Sur le trottoir d'en face, de jeunes femmes en déréliction campaient devant des portes éventrées. De loin, elles les haranguaient de voix tout autant privées de rêves que de désespoir. Elles étaient prêtes à n'importe quelle génuflexion pour retrouver le soulagement du coma.

D'une main aveugle, Moïse chercha celle d'Antoine et la pressa avec confiance. Jamais elle ne s'était sentie plus pleine et plus à sa place qu'en cet instant. Pour ces deux âmes vulnérables, cet enfer avait tout d'un paradis.

Alors, le ciel vira au rouge. Un vent violent se leva. Un grondement venant du fond de la terre envahit la rue. Les façades des immeubles se mirent à trembler. Elles avaient l'air de pencher vers l'avant. La terre vacillait. Des hurlements commencèrent à fuser vers le ciel. Ils ne savaient pas où aller et se contentèrent de foncer tout droit. Le sol se dérobait sous leur pas. Les hommes comme les chats sortaient de toutes parts et filaient au hasard avec pour seule obsession de sauver leur peau. Mais sous ce ciel écarlate, le monde ne daignait proposer aucun asile. Il allait falloir faire face et compter sur la chance.

Hors d'haleine et terrorisés, ils parvinrent à s'extirper de la rue. Ils s'arrêtèrent pour reprendre leur souffle. En se retournant vers Sokratous, ils virent que l'asphalte se séparait en deux. Des voitures et des corps basculaient vers l'abîme.

De loin, leur parvenait le bruit houleux du fracas, de tous les fracas environnants. Les tremblements cessèrent d'un coup. Encore emplis de terreur, ils regardèrent autour d'eux les images d'un enfer inimaginable. Un silence vertigineux succéda au tumulte. Toute la ville était figée d'épouvante. Leurs corps chancelants s'enlacèrent.

Le cœur battant, ils s'accrochaient puissamment l'un à l'autre comme à leur unique espoir de survie. Face à l'irréductible vérité de ce geste, ils fondirent en larmes.

Mais d'un coup, la terre se remit à trembler. Cette nouvelle secousse eut raison de certains immeubles, qui s'effondrèrent comme des châteaux de cartes. Un tsunami de poussière teinta l'air d'une opacité grisâtre. Une foule dense et affolée se rua dans leur direction. La force panique de ce déferlement les arracha l'un à l'autre et les emporta dans des directions opposées. Déployant une énergie surhumaine, ils essayèrent de se rejoindre mais chacun était inexorablement emporté loin de l'autre.

Moïse renonça à courir à contre-courant et s'abandonna au flux puissant qui la charriait vers la voie ferrée. Au cœur de cette confusion générale où la mort s'invitait au hasard, son esprit fut étrangement assailli d'images de bonheurs simples qui avaient émaillé son chemin. Une vie baignée de soleil et de mer, de musique et d'amour, de nuit et d'ivresse. Dans ce film idéal de sa vie, Antoine était là...

Dieu qu'elle avait de la chance !

Alors qu'elle trébuchait sur des corps et des gravats, que des mains étrangères la griffaient, elle pria très fort pour qu'aucun d'eux ne laisse sa peau dans ces décombres. Tout s'arrêta de nouveau. Et toujours ce silence assourdissant en lequel plus personne n'avait confiance. Autour d'elle, les gens qui tenaient encore debout demeurèrent un instant immobiles, comme pétrifiés. Entièrement recouverts de poussière, ils ressemblaient à des morts-vivants sortis de terre. Puis les gémissements des blessés et des cris éventrèrent la nuit. Et comme un seul homme, tous reconnectèrent avec le cauchemar. Les uns se frayaient un chemin à la recherche d'un visage connu. Les autres portaient secours aux blessés. Les sirènes des pompiers se mirent à résonner partout dans la ville amochée.

Elle sinua entre les monticules de débris et les silhouettes fantomatiques, animée par la seule obsession de revenir à leur point de séparation. Tandis qu'elle avançait avec difficulté, elle remarqua que ses vêtements étaient déchirés et que son bras saignait. Mais elle se foutait bien de ses blessures. La seule blessure irréparable serait de vivre dans un monde où il ne serait pas. Son errance lui parut durer une éternité.

Et puis, au milieu de tous ces êtres rendus identiques par le linceul gris qui les recouvrait, elle reconnut sa longue silhouette vacillante et son regard éperdu qui fouillait inlassablement l'obscurité.

Antoine l'aperçut enfin. Elle lui apparut comme la plus belle chose qu'il ait jamais vue. Elle s'arrêta pour le regarder courir dans sa direction. Il était éblouissant de plénitude. Plus vivant que jamais.

Une fois face à face, ils se dévisagèrent, bras ballants, liquéfiés mais terriblement présents à eux-mêmes. Leur heure n'était pas venue mais ils étaient conscients qu'elle viendrait vite. En attendant, ils allaient jouir de cet îlot au cœur de l'immensité, de ce petit pays fragile qu'était leur existence à deux. Dans un geste simultané, chacun tendit la main vers le visage de l'autre. À la poussière et aux faillites avait survécu l'éclat fêlé de l'enfance.

Chansons citées

Half a Person, paroles et musique
de Morrissey et Johnny Marr, 1987,

Praying for Time, paroles et musique
de George Michael, 1990,

There Is a Light That Never Goes Out,
paroles et musique de Morrissey
et Johnny Marr, 1986,

Table

Imprimé en France par CPI
en novembre 2024

NORD COMPO
multimédia

Composition et mise en pages
Nord Compo à Villeneuve-d'Ascq

Numéro d'édition : 436368-0
Dépôt légal : janvier 2025
Numéro d'impression : 181959